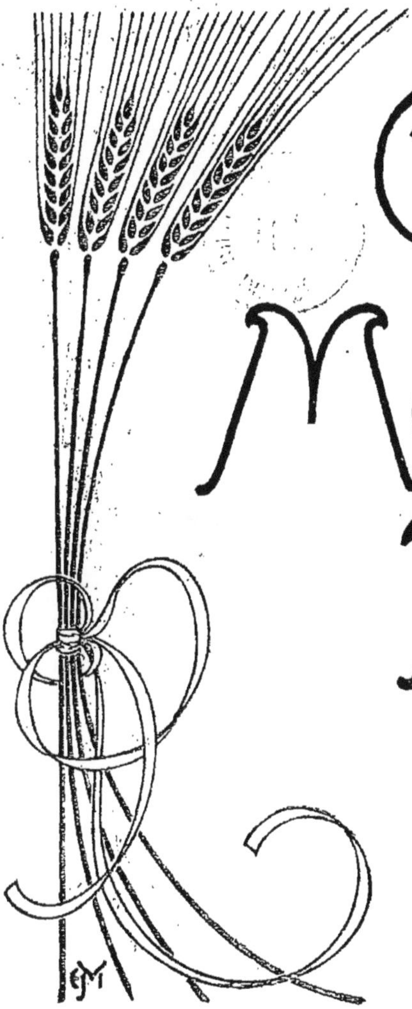

GERBES DU MONT-ROYAL

PAR

AUGUSTE CHARBONNIER

Typographie
ADJ. MENARD.

Gerbes du Mont-Royal

DÉDICACE

A ma femme Canadienne,
Si fidèle, si chrétienne ;
A mes enfants Canadiens,
A ma mère, à tous les miens.

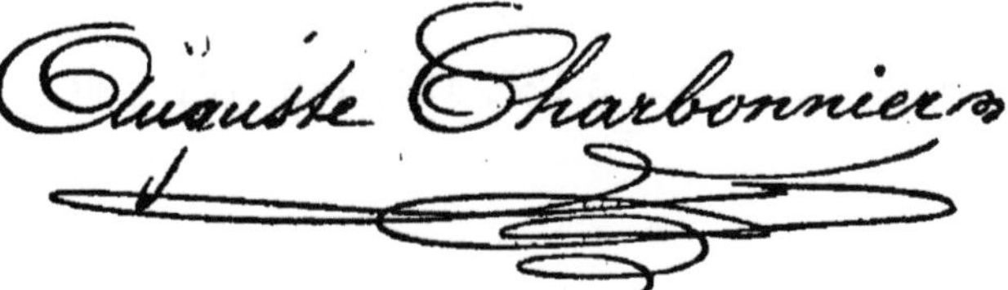

ERRATA

———

Page 15, 16me vers : ....pour ''calmer'' mes alarmes.
Page 32, 4me avant-dernier vers : .... '' vomi par Lucifer.''
Page 55, 1er vers : ....'' aux disciples pêcheurs.''
Page 96, 4me vers : ....''Et j'ai vu des sorcières.''

———

NOTE.—''Le Mendiant'' et '' Le Banquier'' se lisent comme suit :
'' Le Mendiant,'' pages 124, 126, 128, 130, 132.
'' Le Banquier,'' pages 125, 127, 129, 131, 133.

———

Sentier des amoureux   (Photo. O. Trempe)

LE MONT-ROYAL

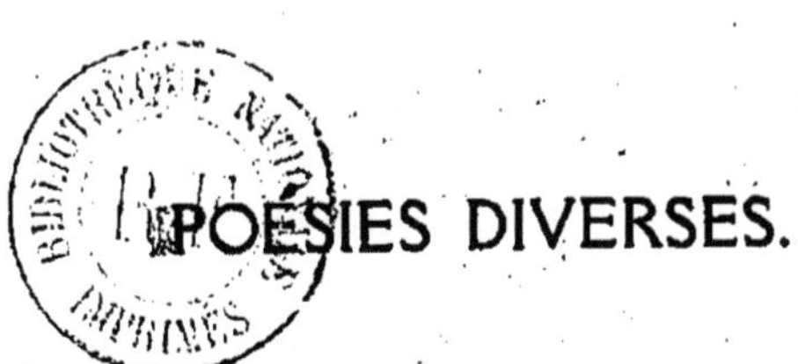

POÉSIES DIVERSES.

LE MONT ROYAL

Près des bords enchanteurs du fleuve Saint-Laurent,
Roulant son flot d'azur rapide, transparant ;
Caressant tendrement de son onde joyeuse
Les gracieux contours d'une Ile merveilleuse,
Se dresse une montagne, unique en l'Univers
Par sa forme, sa grâce et ses attraits divers.

Quand le Printemps sur elle étend son vert feuillage,
Que de nombreux oiseaux charment de leur ramage,
Elle paraît alors aux yeux tout éblouis,
Magnifique émeraude en un chaton de prix.

Son sommet ne va point insulter le nuage
Qui poursuit, vagabond, son rapide voyage ;
Mendier au Soleil les inféconds baisers
De quelques vieux rayons inconnus et glacés ;
Ecraser de son poids, étouffer de son ombre
Un pauvre bourg, au fond de quelque ravin sombre.
Penché modestement vers la jeune cité
Que conduit par la main la fière Liberté,
Et qui, sous ses regards, s'épanouit, prospère,
Tel un enfant béni sous les yeux de sa mère,
Ce mont nommé Royal, mais combien paternel,
La défend des assauts du Circius cruel.

Quand les rayons de l'Astre embrasent ses épaules,
Jouant à cache-cache à travers les vieux saules,
Les chênes, les pommiers, les érables, les pins ;
Pailletant son sommet de feux d'or purpurins,
On dirait un lion secouant sa crinière,
S'apprêtant à bondir sur la "Vieille Panthère
Qui voulut égorger ses premiers Lionceaux,
Les livrer pantelants à d'immondes pourceaux !

Sur ses flancs ombragés, paradis des fauvettes,
S'abritent des villas nombreuses et coquettes ;
Et partout à son pied surgissent des hameaux,
Comme à l'Age-Moyen les bourgs sous les châteaux,
Non pour chercher secours aux grands maux de la guerre,
Mais pour jouir des fruits d'une paix très prospère.

Lorsque, un soir de novembre, un Canadien passant,
Foule ce mont sacré de son pied frémissant,
Il entend un concert de voix mélodieuses,
Qui montent comme un souffle, et douces et joyeuses,
De la feuille tombée, à travers les rameaux
Des érables, des pins, des pommiers, des ormeaux,
Qui redisent tout bas une douce prière
Pour le Mont tout entier, pour l'Ile tout entière.
Et ce souffle qui passe ainsi qu'un souvenir
Evoquant le passé, plongeant dans l'avenir,
C'est l'âme des Cartier, des Champlain, Maisonneuve,
Des Montcalm, des Dollard... qui, traversant le fleuve
Des Champs Eliséens, viennent de l'au-delà,
Pour chanter Montréal et leur cher Canada.

RESTONS CHEZ NOUS

J'ai vu, chose incroyable,
Dans les flots argentés du port de Montréal,
— Ce n'est pas une fable —
Un poisson gigantesque, nn monstre boréal,
Une énorme baleine
Glissant tout à son aise, allant, venant, errant,
Evoluant sans gêne
Dans les superbes eaux du fleuve Saint-Laurent.
J'ai vu dans cette affaire
Les citoyens en chœur, contractant leurs sourcils,
Tirer sur la " Polaire "
Et de la carabine, et de longs vieux fusils.
Pour effrayer la bête,
L'obliger à s'enfuir, il fut question, dit-on,
De lui casser la tête
D'un coup de couleuvrine ou d'un coup de canon.
Sur cette masse molle,
Point de mire alléchant, les balles pleuvaient dru,
Comme dans de la colle
S'enfonçaient en sifflant, tel un clou, lustucru.
Trouée en écumoire,
Mais sans trop en souffrir, de bon nombre de trous,
La bête au " Vomitoire "
Se demande, soudain, si ces gens-là sont fous...
Les piqûres d'épingle
Sur l'insensible peau d'un énorme géant,
Ou bien les coups de tringle
Deviennent, paraît-il, des caresses d'enfant.
Le monstre continue
Ses ébats dans les flots, vomissant son jet d'eau
Superbe, vers la nue ;
Nage, vient, va, revient, sans souci de sa peau ;

Et plus d'une semaine
Fait le bonheur, la joie et l'admiration
De la gent riveraine
Vivant depuis ce temps dans l'agitation.
Mais un soir, soir tragique,
Brusquement, sur le flanc, frappé par un bateau,
L'animal aquatique,
Moulu, cahin-caha, s'enfuit au fil de l'eau,
Puis tristement s'échoue,
Le ventre dans la boue,
Semblable de tous points à vieille épave en deuil,
Près du pont en projet de l'illustre Longueuil.
Cent bras à la curée,
Armés d'objets divers, se tendent aussitôt :
La bête capturée,
De peine et de misère est conduite au " Dépôt."

MORALE

Tel va courir au loin, croyant trouver la gloire,
La gloire et le bonheur, qui récolte des coups.
Si vous voulez m'en croire ;
Restons chez nous.

LE PALAIS DU TEMPS

Accablé sous le poids du travail et des ans,
Un bon vieillard disait à ses petits enfants :
 " Quatre-vingt-deux hivers ont passé sur ma tête,
  " Blanchissant mes cheveux ;
 " Mes jours, comme le vent poussé par la tempête,
 " Ont passé rondement plus tristes que joyeux.

 " Il me semble pourtant que je viens d'apparaître
  " Dans le palais du Temps,
 " Palais mystérieux, difficile à connaître,
 " Où vivent moribonds les jours et les instants,
 " Les siècles, les saisons, les mois et les semaines.
   " Là, les douleurs sont reines,
   " Les plaisirs, courtisans ;
   " Les bonheurs, des pygmées,
   " Les malheurs, des titans ;
 " La vanité, l'orgueil, d'impalpables fumées ;
 " La vérité s'y cache ainsi que la vertu ;
   " Tandis que le mensonge
 " D'un habit tissé d'or s'y montre revêtu,
 " Louant l'hypocrisie et caressant le songe.

 " La Vie en minaudant cache là ses haillons,
 " Ses cruelles douleurs et ses chagrins moroses,
 " Sous un manteau de soie enguirlandé de roses ;
 " Pendant que les Humains, troupe de papillons,
 " Voltigent sur son sein, sous l'empire des fièvres,
 " S'efforçant d'appliquer leurs lèvres sur ses lèvres :
 " Un petit, petit nombre y restent quelque temps,
 " Mais la plupart, hélas ! à peine deux moments !

" Ce palais a deux portes
" Ouvertes, jour et nuit, aux humaines cohortes :
" La porte de la Vie et celle de la Mort :
" Par la première on entre et par l'autre l'on sort.
" D'un pas vif, régulier, qui jamais ne se lasse,
" Allant vers l'avenir poussé par le passé,
" De plus en plus ridé, voûté, jauni, cassé,
      " Le Temps passe et repasse
      " Avec perplexité ;
" Car de son doigt de fer, le noir Destin lui montre,
      " Venant à sa rencontre,
         L'Éternité ! ! "

LES DEUX PRINTEMPS

Au printemps des saisons, la nature endormie
Sous le manteau glacé de l'annuel hiver,
S'empresse de quitter, joyeuse, son lourd vair,
Et de semer partout les grâces et la vie.
      Les tendres bourgeons,
      Secouant leurs têtes,
      Disent aux fleurettes :
      Vite, délogeons !

Au printemps de la vie, aussi la tendre enfance,
Arrivant brusquement sur le nouveau chemin
Que parcourt la jeunesse et lui donnant la main,
Se confond avec elle et, rieuse, s'élance.
      Les illusions,
      Si pleines de charmes,
      Fournissent des armes
      Aux séductions.

Au printemps des saisons, la nature éveillée,
Découvrant son épaule, endosse avec amour,
Sous les doigts caressants de la nuit et du jour,
Sa toilette fleurie, irisée et feuillée.
      Les charmants oiseaux
      Partout s'éparpillent,
      Chantent, s'égosillent
      Sur les arbrisseaux.

Au printemps de la vie, ardente la jeunesse
Présente à tout venant ses charmes et son coeur,
Poursuivant vivement l'image du bonheur
Que montrent à deux pas l'illusion, l'ivresse.
       Sonnant l'olifant,
       Doux Amour volage
       Dans les cœurs s'engage
       D'un air triomphant.

Les étés venant, suivis des automnes
Poussés des hivers, hélas ! les printemps
Se sont endormis dans les bras du Temps.
Quand reviendront-ils avec leurs couronnes ?
Quand reviendront-ils chasser les autans ?
Le printemps des saisons, après quelques semaines ;
Le printemps de l'Amour, laissant les âmes pleines
De charmants souvenirs, malgré tous les souhaits,
Malgré tous les désirs, ne reviendra jamais !
Les neiges ont fané pour toujours sa couronne
De roses et d'œillets, de muguets, de lilas ;
Et de son dur marteau l'Hiver qui déraisonne
Pour toujours a brisé sa coupe d'or, hélas !

LES QUATRE PLATEAUX

Emporté sur le flot de mes dix huit printemps,
Sans songer à l'automne, à l'hiver, aux autans,
      Caressé par les Songes ;
Ecoutant, tout joyeux, leurs aimables mensonges ;
      Le cœur vibrant d'espoir,
Vierge de tout contact, sans haine, sans envie,
J'escaladais, ardent, le Mont Blanc de la vie,
      Au déclin d'un beau soir.

Au bas ayant laissé le plateau de l'enfance,
Où fleurissent les jeux, la candeur, l'innocence,
      Et franchi le coteau
Qui monte doucement vers le second plateau,
      Plateau de la jeunesse,
J'allais sur ses sentiers, étranger au malheur,
Ignoré des chagrins, ignorant la douleur,
      Au bras de la Sagesse.

Quand soudain, comme un songe, en un riche décor
De verdure et de fleurs, d'argent, de pourpre et d'or,
      Un palais féérique
Apparut à mes yeux. Sous son large portique,
      Au marbre éblouissant,
Les attraits en grand nombre, étendus sur des roses,
Invitaient, souriants, les êtres et les choses,
      D'un geste caressant.

Curieux et ravi, j'allais suivre la foule
Qui s'y précipitait, telle une immense houle
          Qui mugit et se tord ;
Quand, d'un mot, la Sagesse apaisant mon transport :
          " Viens, mon enfant, dit-elle,
" Evite du Plaisir le palais enjoleur :
" On y trouve toujours la honte et la douleur.
          " Viens, et sois-moi fidèle.

Je suivis la Sagesse, et bientôt je pus voir,
Sortant par l'autre porte, une foule au pouvoir
          De la décrépitude,
Du dégoût, de l'horreur et de l'inquiétude,
          Des pleurs et du remord.
Tous portaient sur leur front soucieux et livide,
Ce front, hier encor, si joyeux, si candide,
          Le cachet de la mort.

Etreignant fortement le bras de la Sagesse,
Vers le plateau suivant précédant la vieillesse,
          Je dirigeai mes pas,
Aux plaisirs entrevus, à leurs trompeurs appas,
          Sans nulle défaillance,
Disant un triple adieu.   Poursuivant mon chemin,
A l'ultime plateau je parviendrai demain :
          Suprême délivrance !

L'INFIRME ORPHELIN

Un garçon de vingt ans, très infirme, orphelin,
Eprouvant du malheur les cruelles atteintes,
Exhalait en pleurant ces pitoyables plaintes,
Assis sur une borne, à l'écart du chemin :

  " J'ai fui le commerce du monde,
  " Où pour moi tout n'est que douleur ;
  " J'ai cherché la main du bonheur,
  " Mais le malheur partout abonde
  " Pour le pauvre Infirme-Orphelin !...

" A cet âge où la vie aux Humains est si belle,
" Je n'ai pour horizon, pour joie et pour festin
  " Que le désespoir qui m'appelle,
  " Que l'abandon, que le mépris.

" Je n'ai jamais senti les tendresses d'un père,
" Je n'ai jamais joui des baisers d'une mère...
  " Ni frères, ni sœurs, ni logis,
  " Et des amis, pas davantage !...
" Je suis le nourrisson de l'humble Charité :
  " Elle est mon unique héritage :
  " Triste héritage, en vérité !

" Je sens pourtant que là, sous ma charpente frêle,
  " Un cœur aimant et généreux
  " Palpite..., et je sens, pêle-mêle,
" Ces sublimes élans qui rendent l'homme heureux.
  " Hélas ! né pour la solitude,
" L'Infirme a-t-il des droits à la Béatitude ?...

" Oh ! qu'il doit être doux d'aimer et d'être aimé ! !
" Je ne sentirai point, sur mon cœur enflammé
        " Battre un autre cœur, et mon âme
" N'aura pas d'âme sœur pour répondre à sa flamme.

        " Aimer ! Moi, pauvre Paria,
        " Chanter le grand Alleluia !
        " Aimer ! ! On m'en ferait un crime
        " Ou, tout au moins, on en rirait :
        " L'amour est chose si sublime !
        " Et le pauvre Infirme en mourrait ! !

" Je ne connaîtrai point la captivante ivresse...
        " Seul, toujours, avec ma douleur,
        " Seul, toujours, avec ma tristesse,
        " Seul, toujours, avec ma détresse,
        Seul, toujours, avec mon malheur !

" Car personne ne vient pour calme mes alarmes,
        " Personne, pour sécher mes larmes,
        " Personne, pour m'offrir la main,
        " Quand je tombe sur le chemin !...

" Et qui me soignera quand je serai malade ?
" Qui soutiendra mes pas lorsque je serai vieux ?
" Qui donc me donnera la dernière accolade ?
" Qui donc, quand je mourrai, me fermera les yeux ?

LA FLEUR DELAISSÉE

En un vaste royaume embrassant l'Univers
Comprenant des Humains tous les peuples divers,
Royaume sillonné par de riches artères ;
      Des fleuves, des canaux,
      D'innombrables rivières
      Et de nombreux ruisseaux,
Se dresse un temple encor, dont l'antique origine
      —Origine divine—
S'égara pour toujours sous le manteau du Temps.

Les parvis de ce temple, autrefois éclatants
Sous les reflets de l'or, des rubis, des opales,
Où les mortels, heureux, en foule se pressaient,
N'offre plus aujourd'hui que des murs gris et pâles ;
Et ses nombreux autels, que les mains encensaient,
      Noircis par la poussière,
D'un immonde animal par la bave flétris,
Ne sont plus qu'un monceau de funèbres débris
Que ne visite plus l'humaine fourmilière !
Or le chemin qui mène à ce temple désert,
A ce temple pourtant à tout le monde ouvert,
      Où personne plus n'entre,
      Est aujourd'hui couvert,
      Tel le sentier d'un antre,
De ronces, de buissons, entre lesquels, rampants,
Se bousculent, nombreux, vipères et serpents.
Sur les autels glacés de ce temple en détresse,
      Vers la terre incliné,
      Un calice fâné,
Mordu par les baisers de la noire tristesse,
      Retient à peine encor
Les pétales flétris de sa corolle d'or

Enivrant autrefois les autels et le temple,
(Que nul mortel, hélas ! aujourd'hui ne contemple,)
De son parfum si doux, si suave et si pur,
S'échappant de son cœur d'or, de pourpre et d'azur.

        Cet immense royaume
Qu'un jour Dieu fit sortir d'un minuscule atome,
En le marquant du sceau de sa divinité.
C'est le Blanc, c'est le Noir, l'Homme, l'Humanité !
Le temple abandonné, c'est le temple des âmes,
Ardentes autrefois et maintenant sans flammes ;
Les autels démolis sont les autels des cœurs,
Reconnaissants jadis, mais aujourd'hui moqueurs ;
Enfin, la pauvre fleur délaissée, en souffrance,
        C'est... la Reconnaissance.

LA CHARITÉ

Depuis dix-neuf cents ans, une Reine immortelle,
Sans sceptre, sans couronne, or, diamants, dentelle,
Une reine adorable et de toute beauté,
Se cachant sous les traits de la simplicité,
Parcourt notre univers, relevant la faiblesse,
Apaisant le chagrin, secourant la détresse,
Entourant de ses soins le vieillard impotent,
L'infirme, l'orphelin, le lépreux rebutant ;
Sans jamais se lasser, sans nulle répugnance,
Attirant sur son coeur la plaie et la souffrance.
Cette reine ignorant l'amertume et le fiel,
Avec un enfant-Dieu nous vint un jour du ciel.
Couverte d'un manteau de laine noire ou grise,
Quand souffle l'aquilon, les autans et la bise,
Dans le chemin rempli de neige, de frimas,
Menant à la chaumière, elle conduit ses pas,
Portant sous son manteau le bienfait qui soulage ;
Sur ses lèvres le mot qui console, encourage,
Et dans son coeur divin, la discrète pitié,
Le dévoûment sans borne et la douce amitié.
L'injure, le mépris, la noire ingratitude
N'altèrent nullement ni sa sollicitude
Pour le gueux délaissé, criminel et souffrant,
Ni son immense amour pour le pauvre mourant,
Pour le jeune orphelin, l'infirme pitoyable,
Le juste, l'nnocent et le pécheur coupable ;
Elle aime également le juif et le chrétien,
Le rénégat lui-même ainsi que le païen.
Sous les traits d'un apôtre on l'a vue en un bagne,
Pour sauver l'innocent, devenir la compagne
De forçats endurcis, d'infâmes criminels,
Qu'elle refit chrétiens sous ses doigts maternels.

Sous ses baisers si doux, sous sa douce caresse,
Que ne marchande point son immense tendresse,
L'esclave du malheur sent ses fers allégis,
Et rafraîchis ses yeux par les larmes rougis ;
L'orphelin délaissé trouve en elle une mère
Qui rend son âme en deuil moins triste, moins amère ;
Le condamné, lui-même, à sa voix relevé,
Vers le ciel, confiant, porte un coeur retrouvé.
Cette Reine au coeur d'or, de la famille humaine,
Jusqu'à la fin des temps, sera la souveraine
Versant, le jour, la nuit, toujours à pleines mains,
Son baume, ses bienfaits, sur les pauvres humains.
Des mortels innocents, repentants et des sages
Elle attire partout l'amour et les hommages,
L'affectueux respect, la vénération,
Forçant même le vice à l'admiration.
En la voyant passer si simple, si modeste,
Portant sur son beau front la sagesse céleste,
L'impie audacieux, comme un simple joujou,
Malgré lui se découvre et fléchit le genou,
A tous ceux qui, surpris, ignorant son essence,
Lui demandent son nom, le lieu de sa naissance,
Cette Reine répond avec simplicité :
" Mon pays c'est le ciel, et mon nom, CHARITÉ."

LE GRAND BAGNE

Il est un bagne immense, où tous les condamnés,
Rivés à des douleurs de diverse nature,
Mourront dans le malheur par le sort enchainés,
Malgré tous les efforts de l'humaine nature.
Des hommes, des vieillards, des enfants et des femmes
Cheminent moribonds dans ce terrestre enfer,
Torturés dans leurs corps, torturés dans leurs âmes,
Retenus par la vie à la poigne de fer.
Dans un sombre atelier l'impassible Torture
Sur l'étau du Supplice invente constamment
De nouveaux instruments qu'au fur et à mesure
D'innombrables bourreaux appliquent brusquement
Sur la chair des forçats, tandisque la Tristesse
Enfantant le dégoût, les sombres désespoirs,
L'amertume de tout, l'angoisse, la détresse,
Y trône en souveraine, exerçant ses pouvoirs
Sous les yeux de la Mort qui, de ses mains affreuses,
Sur l'immense chiourme étend, sans se lasser,
Ses filets inhumains, ses trappes ténébreuses,
N'épargnant que le Temps qu'elle laisse passer !
Les plaisirs et les jeux, dans une course folle,
Ecartant les bourreaux, tendent aux malheureux
Leur coupe enchanteresse, insipide et frivole ;
Pour un petit moment semblant éloigner d'eux
Les douleurs, les chagrins, qui reviennent bien vite
Plus nombreux, plus aigus, suivis par le remords
Prenant d'assaut les cœurs, les âmes qu'il agite,
Ajoutant ses tourments aux souffrances du corps.
Ce bagne de douleurs, de misères notables,
Ce bagne, sur lequel la Justice, ici-bas,
Ses bagnes modela pour punir les coupables,
C'est l'Eden que le Maître, un triste jour, hélas !

Changea pour vous, pour moi, déchus, inconsolables,
En un bagne où l'on vit souffrant jusqu'au trépas !
Néanmoins, en ce lieu d'insondable détresse
Il existe un chemin, raide mais non tortu,
Conduisant au bonheur, au calme, à l'allégresse :
C'est le chemin tracé par l'austère Vertu.
Mais parmi les forçats qui peinent sur la terre,
En trouve-t-on beaucoup qui suivent ce chemin ?
On a beau les chercher, hélas ! on n'en voit guère,
Car on peut les compter sur les doigts de la main.

L'ESCLAVAGE MODERNE

Vivant au jour le jour, indépendants, heureux,
Autrefois, les humains, sous la libre nature,
Passaient sur cette terre alertes, vigoureux,
Se grisant de soleil, d'air pur et de verdure ;
Aussi, rien d'étonnant qu'ils vécussent très vieux !
Oh ! c'était l'âge d'or et c'était l'heureux âge,
Prodiguant aux mortels, et paix, et liberté.
Dans notre âge de fer, n'est-ce pas l'esclavage
Engendré par le luxe né de la vanité,
Qui courbe sous son joug, sous son dur attelage,
Les enfants rabougris de notre humanité ?

Les uns, le torse nu, près d'un ardent fourneau,
Sur le fer qui pétille et lance l'étincelle,
Frappent à tours de bras, avec un lourd marteau ;
Sur leurs membres noircis la sueur qui ruisselle
Trace de gris sillons. —
              D'autres, le front courbé
Sur d'énormes cahiers, écrivent sans relâche
Des chiffres et des mots. Et d'un fer recourbé,
Celui-ci, sans répit, poursuit, poursuit sa tâche,
Enterré tout vivant dans le ventre du sol ;
Tandis que celui-là penché sur la charrue,
Se lamente, gémit, guidant par le licol
Une bête soufflant, une bête recrue.
Quelques-uns, chiens courants pour de menteurs journaux,
Pour inventer le fait, pour forger la nouvelle,
Comme des loups s'en vont et par monts et par vaux,
Sans un sou, bien souvent, dans leur pauvre escarcelle.

. . . .

Des femmes, des enfants, comprimés et tordus
Par les serres d'acier de l'horrible misère ;
Par les dents de la faim déchirés et mordus,
Gravissent décharnés leur terrible calvaire ;
Tandisque des magnats insensibles aux pleurs,
Sur le sein des plaisirs que donne la richesse,
S'innondent de parfums et se couvrent de fleurs,
Mollement endormis par la molle mollesse.

. . . .

L'esclave d'autrefois gagnait du moins son pain,
Que lui jetait toujours un maître même avare ;
L'esclave d'aujourd'hui souvent crève de faim,
Aux gages d'un '' Repu '', cœur cupide et barbare !

. . . .

Que sont-ils devenus tous tes fiers courtisans,
Tes preux au vaillant cœur, tes fils à l'âme fière ?
O douce Liberté ! Hélas ! Tes partisans
Ont tous courbé leur front devant la muselière,
Ont tous rivé leur cou dans d'ignobles carcans,
Et crispé leurs dix doigts sur l'infâme Bannière ! !

———

LE MINOTAURE XXme SIECLE

Sous les yeux des mortels, un monstre aux mille têtes,
Un monstre insatiable, effrayant, infernal,
S'attaquant aux Humains, mais épargnant les bêtes ;
Un monstre épouvantable, horrible, colossal,
Pose ses quatre pieds aux quatre points du Monde
Sur lequel il domine en absolu tyran,
Et qu'il flétrit, hélas ! de sa souillure immonde.
Ce monstre qui sortit du cerveau de Satan
Pour le plus grand malheur de la race adamique ;
Ce monstre recouvert de satin, de velours
Aux multiples couleurs, à l'esprit morbifique,
Sous son ventre gluant souille sur son parcours
De la nature humaine et les fleurs et les tiges,
Donnant la vie au vice, à la vertu la mort ;
Etouffant la raison, produisant les vertiges ;
Couchant la douce paix sous sa dent qui la mord ;
Soufflant sur l'Univers l'infernale discorde,
Le mensonge, la haine et l'aveugle fureur,
Qui souvent conduit l'homme au cachot, à la corde ;
De la honte toujours l'infâme procureur !

Ce monstre né d'hier, moderne Minotaure,
Ne se contente plus d'engloutir dans ses flancs
Quelques vierges par mois; chaque jour il dévore
Des hommes, des vieillards, des femmes, des enfants !

Toujours insatiable, il lui faut les familles
Pour les livrer au vice, à la honte, au malheur ;
Sur le dos des Petits étendre des guenilles ;

Dans le cœur de la mère incruster la douleur,
Après avoir rivé l'époux, le pauvre père
A l'infâmant anneau, la dégradation ;
Le ravalant plus bas qu'une bête ordinaire ;
Gravant dans son cerveau l'aliénation ! !

Ce monstre, né d'hier et déjà titanique,
Sur le pays entier, les villes, les hameaux,
Partout, partout étend sa griffe satanique,
Semant à pleins sillons la misère et les maux !

Sa bave immonde engendre et l'horrible blasphème,
Et le parjure affreux, l'assassinat, le vol,
L'inceste, le viol, le parricide même ! !...
Or ce monstre a pour noms : "Whiskey !... Gin !... Alcool ! !

Adam buvant de l'eau mourut à neuf cents ans ;
Noé buvant du vin, lui, mourut à six cents ;
Et nous, leurs descendants, nous gorgeant d'eau-de-vie
De Whisky, d'alcool, abrégeons notre vie,
Nous estimant heureux de voir quelques printemps.
                    Concluez, je vous prie.

UNE LEPRE MODERNE

Il existe une plaie, une lèpre hideuse,
Plaquant sur l'univers sa main contagieuse,
Que baise avec transport la sombre ambition.
L'avarice, l'orgueil et la corruption,
L'amour du luxe, enfin, livrent à ses baisers
Fétides, dégoûtants, les enfants abusés
D'une race déchue, aveuglée et frivole,
Qui choisit pour son Dieu, son maître, son idole,
Le veau d'or refondu des inconstants Hébreux,
Adressant à lui seul son amour et ses vœux.
Le moindre attouchement de cette lèpre infâme
Gangrène pour toujours l'esprit, le cœur et l'âme,
Etouffant la vertu, broyant la charité,
Inoculant au cœur son virus empesté
Qui chasse la pitié, qui bannit la tendresse ;
Engendre l'égoïsme, enfante la bassesse,
Et fait de l'être humain si beau, si généreux,
Cette chose sans nom que l'on nomme un lépreux !

Hypocrite démon, cette lèpre nouvelle,
Par la loi protégée, agite sa crécelle ;
Se montre toute nue aux stupides Humains
Qui s'inclinent très-bas et lui baisent les mains ;
S'empare des hameaux, des villes, des villages ;
Exerçant au grand jour, ses effrayants ravages ;
Rivant au fond des cœurs l'inutile regret ;
Faisant de l'univers un vaste Lazaret
De lépreux enchaînés au tronc de la démence ;
Mère infâme des pleurs, de la désespérance,
Elle porte en son sein la désolation
Et sur son front, ces mots : Jeu ! Spéculation ! !

PLAINTE D'UN JEUNE BOER

A peine adolescent, et déjà malheureux,
J'ai vu dans le tombeau précipiter mon père,
Mes voisins, mes parents, mes amis généreux ;
Ma sœur, ma fiancée, et mon frère et ma mère.
J'ai vu broyer le cœur de ma fière Patrie
Sous le genou brutal d'un vainqueur odieux ;
Vieillards, femmes, enfants, éprouver sa furie.
Comme un fauve traqué j'ai fui sous d'autres cieux,
Traînant en tous pays ma peine et mon martyre,
Poursuivi, jour et nuit, par les cruels regrets.
En proie au désespoir, victime du délire,
Je réclame aux échos ma ferme et mes guérets ;
Je réclame à grands cris les baisers de ma mère,
Le sourire si doux de mon unique sœur ;
Le front si blanc, si pur, la prunelle si claire,
Les soupirs contenus, les battements de cœur
De l'Aimée ; à grands cris, jour et nuit, je réclame
Au nuage qui passe, à l'étoile qui luit,
A l'onde des ruisseaux, au soleil qui s'enflamme,
Aux pierres du chemin, à l'oiseau qui s'enfuit ;
Au vent mystérieux qui dans l'arbre murmure ;
Aux vivants, même aux morts, dans leurs tombeaux surpris ;
Aux palais orgueilleux, à la pauvre masure,
A l'Univers entier je réclame à grands cris,
Ma vallée et mes monts, mes amis, mon pays.
Sur le sol étranger tout est pour moi sans charmes,
Les astres, le soleil, et la terre et les cieux.
Je ne sais plus pleurer, car je n'ai plus de larmes.
Ni larmes dans le cœur, ni larmes dans les yeux :
Elles m'ont buriné sur l'une et l'autre joue
Un éternel sillon.   Plaignez, plaignez mon sort !
Lorsque parfois hélas ! le sanglot me secoue,
Ce n'est plus qu'un hoquet, le hoquet de la mort.

27

LE NID

A mon Hélène

Dans le tronc délicat d'un roseau chevelu,
Portant quatre rameaux, mais sans nulle racine,
D'un roseau qui partout se conduit et chemine,
Allant d'ici, de là, souvent irrésolu,
Son auguste sommet défiant le zénith,
Un matin de printemps, je découvris un nid,
Un nid mystérieux, bâti de mousse étrange,
Entouré de duvet, de fibres, de satin ;
Construit probablement par les ailes d'un ange ;
Un nid plein de fraîcheur, au soir comme au matin ;
Dans lequel un oiseau chante en battant des ailes ;
Un nid qui donne au tronc la vie et la chaleur,
La vigueur et la grâce et la riche couleur,
Et se cache parfois sous un flot de dentelles
Voilant pudiquement son écorce rosée.

Dans ce nid que féconde une tiède rosée
Et que l'espiègle Amour n'a pas encor ravi,
Des roses et des lis et d'humbles violettes,
De brillants boutons d'or, de suaves fleurettes,
Et la nuit et le jour, fleurissent à l'envi,
Embaumant l'arbre entier, et le tronc et les tiges,
Autour desquels, en chœur, voltigent les vertiges,
Les soupirs enflammés et les désirs bouillants ;
Tel un essaim nouveau, sous les rayons brillants
D'un soleil printanier, quittant la vieille ruche,
Laissant la vieille Reine, essaime plein d'ardeurs ;
En grappe se suspend—gracieuse freluche—
Au rameau complaisant d'un vieux pommier en fleurs.

Ce nid mystérieux qu'un matin de printemps
Je découvrais, ravi, dans la Grande Vallée,
Repose sur mon cœur depuis plus de vingt ans.
Et malgré l'aquilon, malgré la giboulée,
C'est le gage sacré de mon amour vainqueur.
Or ce nid' c'est ton âme ; Hélène, c'est ton cœur !

LA-HAUT

> Ici-bas tous les lilas meurent.
>
> Sully **PRUD'HOMME**.

Là-Haut, les lilas point ne meurent ;
Les bonheurs y sont toujours vrais :
Je rêve aux Anges qui ne pleurent
    Jamais.

Là-Haut, tous les Élus demeurent
Dans l'amour pur et la Paix :
Je rêve aux Saints qui ne pleurent
    Jamais.

Là-Haut, les lèvres point n'effleurent
La coupe des trompeurs attraits :
Je rêve aux Vierges qui ne pleurent
    Jamais.

L'HIVER

Jeté par le destin sur les chemins du Temps,
Allant d'ici, de là, marchant à l'aventure,
Tantôt sous les Zéphirs, tantôt sous les Autans,
D'après la grande Loi, la loi de la nature,
Je viens de rencontrer, glacé, mais vert encor,
Un vieillard cheminant d'un pas vif, monotone ;
L'œil et l'oreille au guet, tel un alligator :
Il marche, il vole, il va, nullement ne tâtonne,
Semant à pleines mains sous ses pas les glaçons,
La neige, les frimas, les fièvres, la froidure
La torture, l'effroi, l'angoisse et les frissons,
Qu'il dépose en sifflant, dans la pauvre masure.
Sans pitié pour personne, il mord les nourrissons,
Il mord à pleines dents, il mord sur son passage,
Les femmes, les vieillards, les hommes les enfants ;
Et le pauvre surtout, victime de sa rage,
Le voit avec effroi revenir tous les ans.
Dans les palais de marbre où sourit la fortune,
Le vieillard voudrait bien mordre les fortunés ;
Quand il met sur leur porte une main importune,
Le cruel vieux se voit fermer la porte au nez.
Or ce vieillard cruel, qui tous les ans repasse,
Depuis sept fois mille ans, portant sous son lourd vair
Le froid brûlant qui mord, le frisson qui terrasse];
Les Francs l'ont baptisé d'un affreux nom : Hiver !

LE SIMOUN

Partis de Laghouat, avec la caravane,
Perchés sur des chameaux, ces bateaux du désert,
Nous franchissons la zône où mûrit la banane,
Et du grand Sahara, morne océan désert,
Nous saluons, émus, l'immense solitude.
Admirant les reflets de l'Astre, à l'horizon
Se couchant, merveilleux, selon son habitude,
Sur ce champ où jamais ne germa le gazon,
Où jamais ne mûrit le fruit des Hespérides,
Sinon de loin en loin, tels de rares jalons.
Sur ces sables mouvants, sur ces sables arides
Impuissants à garder la trace des lions,
Faisant cause commune avec la verte olive,
Les dattiers bienfaisants se donnent rendez-vous
Pour protéger le cœur d'une source d'eau vive,
Unis à quelques pieds de robustes bambous.
Ce sont les Oasis qui, comme des mammelles,
Donnent aux voyageurs, par la soif torturés,
Une nouvelle vie et des forces nouvelles
Pour affronter encor des sables abhorrés
Les reflets aveuglants, la longue, longue route.
Uu jour, deux jours au plus, deux jours de paradis,
Après dix jours d'enfer, et nous quittons la voûte
Des palmiers bienfaisants, courageux et hardis.

. . . .

En avant ! en avant ! il y va de la vie.
En avant ! et pressons nos bêtes, car dans l'air
Passe, mystérieux, le souffle d'un génie
Malfaisant, infernal, vomi par de Lucifer,
Hyène et chacal qui, de ces champs secs, arides
Préside aux noirs destins, horreur ! se nourrissant
De cadavres noircis, de cadavres putrides

D'hommes et de chameaux, et s'abreuvant de sang ;
Tapissant le désert de lugubres carcasses,
D'immondes tibias, de crânes, d'ossements,
Sans jamais apaiser ses appétits voraces.
Allah ! préserve-nous de ses embrassements !
Préserve-nous, Allah, du terrible molosse.
En avant ! En avant ! le Sirocco, bourreau,
De son haleine en feu rend la chaleur atroce,
Nous brûle la poitrine en nous grillant la peau.
Là-haut, sur le zémith, le Soleil est féroce,
Et ses rayons ardents tombent comme du plomb
Fondu, sur notre tête, en mordant notre échine.
A peine pouvons-nous nous maintenir d'applomb
Sur le dos agité du chameau qui chemine ;
Le dromadaire aussi, fléchissant sous le poids,
Et soufflant bruyamment, tel un soufflet de forge,
Malgré tous ses efforts doit ralentir parfois
Le pas, l'étau de feu le serrant à la gorge.
Les grains de sable entre eux semblent se concerter :
Sous les pas des chameaux, leur voix mystérieuse
Nous redit clairement qu'il nous faut nous hâter.
En avant ! en avant ! ô troupe audacieuse,
Toi qui du Grand Désert entrepris de dompter
Les brûlants éléments, vois, là-haut, ce nuage
D'une teinte de mort, d'une teinte de sang,
Sous les cils du Soleil surpris de son passage,
Comme un oiseau de proie arrivant menaçant :
Du terrible Simoun c'est l'horrible avant-garde.
Reverras-tu jamais le toît de tes gourbis,
Tes amis, tes parents ? Qu'Allah ! qu'Allah te garde
Et te ramène, un jour au cœur de ton pays ! . . .
A l'horizon paraît une sombre nuée,
Et le Ciel effrayé pâlit, perd sa couleur,
Devenant cuivre et plomb.   La plaine remuée

Jusqu'en ses profondeurs fait, prise de souleur,
D'inutiles efforts pour retenir son âme
Sur le sable agité, les bêtes, brusquement,
Tremblant comme un roseau que l'aquilon réclame
Se couchent, car au loin, partout, au firmament
Le Simoun enragé rapidement s'avance,
Pire que l'ouragan.   Dans les pieds du chameau,
Criant : Allah ! l'Arabe éperdument s'élance,
Ramenant sur sa tête un pli de son manteau
Comme autrefois César sous les coups régicides
D'un Brute ambitieux, ingrat, traître et félon.
Le sable se soulève en hautes pyramides,
S'étale avec fracas, crevant comme un ballon ;
Se reforme à vingt pas en vagues bruissantes,
Pour s'étaler encore et crever de nouveau,
Telles, sur l'océan, les ondes mugissantes,
Sous les efforts des vents échappés du caveau
D'Eole.   Le Simoun, trombe inimaginable,
Déferle sur nos corps, soufflant, sifflant, hurlant,
Grondant, craquant, beuglant terrible, épouvantable,
Rugissant, miaulant, glapissant et bêlant :
On dirait que son flanc porte toutes les bêtes
De la création cherchant avec fureur
A s'entredévorer... Nous enfonçons nos têtes
Plus avant dans le sol, muets, glacés d'horreur,
Eprouvant des douleurs à nulle autre pareilles.
Les sables projetés comme des plombs sortant
Des canons de fusils, sifflent à nos oreilles,
Traversent nos habits, dans la chair s'incrustant.
Hâletants, angoissés, sous l'horrible mitraille,
Nos chameaux, tristement, brahment un chant de mort.
Deux de nos compagnons, comme un fétu de paille,
Sont emportés au loin : Nous envions leur sort.
Incrustant nos dix doigts désespérés au derme

De nos bêtes brahmant sous l'atroce aiguillon,
Nous demandons au Ciel qu'il daigne mettre un terme
A nos maux inouïs, à l'affreux tourbillon.
Et le Ciel prend pitié ; car alors la tempête
Etouffe brusquement son affreux carillon,
Satisfaite, sans doute, et doucement s'arrête,
Tel un ogre repu qui soupire et s'endort.
Un cri de joie immense alors de nos poitrines
Vibre ; nous respirons librement, sans effort ;
Et nos chameaux, heureux, dilatant leurs narines,
Branlent leur fine tête et soufflent bruyamment.
Près de nous, à vingt pas, une montagne altière
De sable, qui devait inévitablement
Sous elle ensevelir la caravane entière,
Se dresse menaçante et croule avec fracas,
Couvrant bêtes et gens de son éclaboussure,
Tel un énorme flot de l'Océan, là-bas,
Sur la grève immuable étend sa chevelure.

. . . .

Le Simoun a semé sur ce champ qui se tord
La désolation, l'épouvante et la mort.

FASCINATION

OU LE PATRE, LA MÉSANGE ET LE SERPENT

Assis sur une souche, et ma houlette en main,
Je gardais mes moutons, rêveur, lorsque, soudain,
Mes regards vagabonds, à quelques pas à peine,
Découvrent au-dessous d'un magnifique chêne
Un serpent qui s'enroule et siffle sans cesser.
Je frissonne d'abord, je dois le confesser ;
Puis, prenant à deux mains ma solide houlette,
Poussé par un ressort, je me lève et m'apprête
A broyer l'animal, sans pitié, sans merci :
(La tâche était facile et la victoire aussi ;)
Lorsque j'entends un chant, un doux chant de mésange,
Doux et triste à la fois, joyeux, plaintif, étrange.
Levant alors les yeux, j'entrevois dans un nid,
Presqu'au bout d'une branche habilement construit,
Un petit, puis deux, trois, puis toute la nitée,
Ouvrant leurs jaunes becs, attendant la pâtée ;
Et tout près, sautillant, s'éloignant, s'approchant,
La pauvre mère en proie au charme du serpent.
Par sa langue fourchue et son œil fascinée,
Avec des cris plaintifs, la pauvre infortunée
Songe à ses chers petits, les deux ailes au vent ;
Fait un saut en arrière, en fait deux en avant ;
Jette un cri d'agonie et tout à coup s'élance
Au bas ; plus près, plus près, toujours plus près s'avance
Vers le monstre enroulé qui la couve des yeux
Et savoure déjà ce mets délicieux....
De plus en plus son dard va, vient, se précipite ;
Son œil devient plus dur et sa gorge palpite,
De chaque coin bavant un horrible poison,
Qui tombe goutte à goutte épais sur le gazon,

Et servira tantôt pour engluer la proie.
Malgré moi je frémis, et mon âme est en proie
A l'horreur, la pitié. Laisserai-je périr
La mère ? Et les petits, que vont-il devenir ?
Depuis qu'ils sont éclos ils ont perdu leur père,
Victime, le premier, d'une horrible vipère.
Et maintenant, là-haut, les becs larges, ouverts,
Attendent, mais en vain, la chenille et les vers.
Du gouffre empoisonné, du gouffre qui l'entraîne,
Du gouffre qui l'attire, à deux pouces à peine,
La pauvre mère approche et tout-à-coup bondit....
Elle aurait disparu dans les flancs du "maudit,"
Si, plus prompt que l'éclair, armé de ma houlette,
Je n'eusse brusquemment, d'un coup, tranché la tête,
Et fait de l'animal deux tronçons bien distincts.
La queue, encore en vie, en bas, vers les ravins
Bondit, saute, se roule et rebondit encore
A travers les rochers, le thym, la mandragore ;
Finalement s'étend, après maints soubresauts,
Immobile et glacée, au pied de deux ormeaux ;
Tandis que, sur le nid, la mésange sauvée
Chante sa délivrance à sa chère couvée.

Que d'hommes, ici-bas, sont serpents sur ce point ;
S'enroulant avec art pour fasciner des anges,
Charmants petits oiseaux, innocentes mésanges !
Les pâtres, où sont-ils ? Hélas ! on n'en voit point !

———

LE BONHEUR

Vous souffrez ? Vous pleurez ? Le Bonheur, ici-bas,
S'offre sur un sentier à la nature humaine ;
Et l'homme peut toujours s'élancer sur ses pas,
L'atteindre, l'embrasser, et sentir son haleine
Lui rafraîchir le front, lui caresser le cœur ;
Enchaîner sa douleur ; emprisonner sa peine ;
Et le rendre aisément de tous les maux vainqueur :
Il suffit pour cela de prendre avec courage
La Vertu par la main, l'Amour par les cheveux,
Par les cornes le Vice et, regardant les Cieux,
De marcher au tombeau, terme du court voyage,
Sans ralentir le pas, sans détourner les yeux.

L'ARAIGNÉE DU POÈTE

A plat ventre, dans l'herbe, un poète est couché,
Mordant à belles dents et les fleurs et les tiges.
Sur un trou de grillons, à moitié débouché,
Il met le nez... Les grillons ont laissé des vestiges
Sur le seuil du logis, de noirs petits grains ronds,
Pour parler carrément, d'humides fraîches crottes.
Au moyen d'un brin sec pris sur des liserons
Qui filent, dans le champ, isolés soit en bottes,
Sans souci de la rime et sans respect du vers,
Bien délicatement, le favori des Muses
Glisse dans le trou noir, à l'endroit, à l'envers,
Son arme inoffensive et, par de fines ruses,
Veut obliger "criquet" à sortir de son trou.

Surpris dans son repos par ce bruit insolite,
Celui-ci, volontiers, eût poussé le verrou,
S'il n'eût point fait défaut... "Voyons cette visite,"
Dit-il : Avec prudence il approche du bord ;
Revient au fond du trou ; montre sa tête fine ;
Aperçoit le brin sec, le saisit et le mord ;
Puis se tapit au fond.—Le poète taquine
Vivement, s'aplatit sur le sol et retient
Son souffle, chatouillant, farfouillant de plus belle.
Et le grillon traqué hésite, enfin revient ;
S'élance bravement pour prendre la venelle.
Pris ! ! ! Deux doigts effilés l'ont délicatement
Saisi. L'infortuné croit voir sa dernière heure.
Mais le poète, alors, lui dit bien doucement,
Après avoir bouché le trou de sa demeure :
" Sois sans crainte, petit, on va jouer tous deux :
" Nous nous amuserons, et je puis te promettre
" Que tu t'en souviendras, car nous serons heureux.

“ En gentil prisonnier tu vas donc te soumettre.
“ Tout poète est bon prince ; or, je te laisse aller.”
Le grillon, vivement, sous les herbes pénètre,
Disparaît, fait un saut et va pour s’installer
Dans le logis voisin. Se croyant hors d’atteinte,
Il bénit le Destin. Mais, hélas ! les deux doigts
Le pincent de nouveau, sans souci de sa plainte,
Le rendant prisonnier pour la seconde fois.
Le voilà sur le dos... Le poète étudie
Et son abdomen brun et le jeu gracieux
Des pattes, admirant la tête rebondie ;
S’émerveillant des dents, instruments précieux,
D’une délicatesse aux Humains inconnue :
Chacune est une scie aiguisée en razoir,
Recouverte d’émail, fort dure et très menue,
Et servant, au besoin, de marteau, de pressoir.—
Le poète remet le grillon sur ses pattes :
Le captif suit la main, agité par l’émoi,
Rêvant à ses amours, songeant à ses pénates.
Il roule au creux soudain, puis court au bout d’un doigt.
Par le vaste horizon épouvanté, sans doute,
Se fait petit, petit, frémit et se tient coi.—
—“ On s’amuse bien, hein !” dit le poète. “ En route !
“ Rentre dans mon chapeau—c’est un fort beau logis—
Et farfouille à loisir dans ma perruque noire.”—
Ce disant, il fait faire au grillon tout surpris
Le saut ; et, ramenant la main sous la mâchoire,
Regarde avec amour le soleil se coucher ;
Admire les reflets de la rouge lumière,
Flambant à l’horizon comme un vaste bûcher.
—“ Dieu de Dieu, que c’est beau !” Doucement sa paupière,
S’humecte... puis ses bras, s’écartant brusquement,
Semblent vouloir nager vers la voûte enflammée,
Pour saisir le soleil refroidi, mais fumant.

Cependant le grillon, vrai Lion de Némée,
Fait bravement le tour de sa vaste prison,
Après avoir quitté du chapeau la bordure ;
Fouille d'ici, de là, ravageant la maison ;
Dépose sur un poil sa bave et son ordure ;
Explore en conquérant son royaume nouveau ;
Ecarte maints cheveux et traverse une boucle ;
Puis fait tous ses efforts pour se percher au haut ;
Culbute sur le dos ; se relève ; déboucle,
Ses antennes et gratte au dessus du cerveau,
Quand par hasard il passe aux places dénudées :
Il y va de la patte il y va de la dent,
Mordant, creusant, fouillant, courant maintes bordées,
Pour se creuser un trou ; mais son effort ardent,
Demeure infructueux ; la tête chevelue,
Nullement ne s'entame. — Et là, sur le gazon,
Chatouillé doucement, le regard dans la nue,
Le poète jouit de la démangeaison,
Finement, en artiste. Il songe avec délice,
Qu'avec pompe, bientôt, il donnera la clef
Des champs au noir grillon que, par son fol caprice,
Sous son chapeau de paille il retient esseulé.
Alors passe en son être une flamme divine :
Son grand cœur secoué d'un généreux émoi,
Comme un coursier fougueux saute dans sa poitrine,
Et sous son crâne en feu, mystérieux beffroi,
Résonne le tocsin. Le poète en délire,
Ne se possédant plus, les yeux, les gestes fous,
Voudrait faire vibrer les cordes de sa lyre,
Pour dire ce qu'il sent, pour le crier à tous,
Et faire frissonner la terre tout entière
Par un cri surhumain, par des chants inouïs ;
Etonner la vallée et la montagne altière ;
Réveiller pour toujours les échos endormis.

A ton aise et sans crainte, émeus-toi, cher Poète :
Tu peux chanter, crier personne ne rira ;
Jouis du noir grillon qui te gratte la tête...
A ton aise émeus-toi, car nul ne te verra !

Mais soudain le grillon, qui gratte en conscience,
Ecoute tout surpris et, cessant de gratter,
Se demande tout bas, rempli de méfiance,
S'il doit se réjouir, craindre, rire ou pleurer.
Il vient probablement d'entendre quelque chose...
Bruit confus, indécis, comme un écho lointain.
L'infortuné grillon tend l'oreille, et pour cause :
Il ne s'est point trompé, car le bruit incertain
Devient plus évident.—" Serait-ce ma lignée,
" Elle aussi prisonnière en dessous du plafond ? "
Dit le pauvre criquet.—Veine ! C'est l'araignée
Du poète inspiré, qui s'éveille et répond.

(Tiré d'une prose de Jules Renard.)

L'ASSASSIN

Sans fortune, sans biens, mais le cœur innocent,
J'errais dans la vallée, à peine adolescent,
Lorsque le noir démon de la sombre avarice,
Suivi des passions, accompagné du vice,
Comme un lion farouche, un lion rugissant,
Brusquement sur mon être arrive en mugissant ;
S'empare de mon cœur, s'empare de mon âme,
Saturant mon cerveau de son désir infâme.

I.—LE CRIME

J'entre dans la forêt : au seuil d'un carrefour
Je vois un voyageur : " Bonjour, Monsieur, bonjour !
" Salut, Monsieur." Après ces compliments d'usage,
Le voyageur m'apprend que, chargé d'un message
Important, il lui faut, avant la fin du jour,
Sans faute, sans manquer, parvenir à la Cour ;
Entre les mains du Roi remettre la missive
Qu'accompagne, dit-il, un présent du Khédive :
Des titres, des valeurs, des diamants, de l'or ;
Pour tout dire en un mot, un immense trésor.
A ce mot de trésor ma prunelle flamboie ;
Comme un alligator, comme un oiseau de proie,
Je m'élance sur l'homme et d'un coup de poignard
Fortement appliqué perce de part en part,
En traversant le cœur, sa robuste poitrine.
Sans un cri, sans un mot, le voyageur s'incline,
Tombe... A moi la fortune ! A moi tout le trésor !
Les titres, les valeurs, les diamants et l'or,
Soigneusement rangés dans la forte ceinture ! !
Et traînant le cadavre au loin sous la ramure,
Au plus épais du bois je creuse un trou profond ;

Puis ramène avec soin la terre et le feuillage,
Ne laissant nullement trace de mon passage.
Mais alors à mes yeux, les yeux ternes du mort
Apparaissent vivants ; et sur eux, sans effort,
Je lis en frémissant, avec du sang écrites,
Les lettres de ces mots flambant sur les orbites :
Assassin, sois maudit ! Assassin, sois maudit ! !
Je m'enfuis éperdu, balbutiant : maudit ! !

II.—LE REMORDS

Assassin, sois maudit ! Le terrible anathème,
Le jour, la nuit, sans cesse, avec un art extrême,
Avec un soin jaloux, me suit, flambe à mes yeux ;
Toujours plus menaçant, me poursuit en tous lieux.
Assassin, sois maudit !... Oh ! ces yeux de cadavre !
Ils sont brillants, vivants, et leur éclat me navre !...
A droite, à gauche, en face, en haut, en bas, partout...
Oh ! ces yeux de cadavre inspirant le dégoût,
La terreur et l'angoisse, ils sont vivants, vous dis-je :
Ils ont laissé le mort... Comment ? par quel prodige ?
A mes yeux dilatés, chaque globe agissant
Présente l'anathème écrit avec du sang :
Assassin, sois maudit !... Et ces lettres s'impriment,
Comme des fers ardents, sur mon cœur, le compriment,
Enfermant dans le fond le terrible Remord,
Qui de sa dent d'acier et le ronge et le mord ;
Qui de son bras vengeur enlace chaque veine,
Pour y couler, bouillante, une indicible peine ;
Tandis que la frayeur, s'emparant du cerveau,
L'étend sur son enclume où, de leur lourd marteau,
L'épouvante et l'horreur le frappent sans relâche,
Me cinglant, sans pitié, de ces mots : Triple lâche !
Lâche, toi qui frappas un frère confiant,

44

Remplissant son devoir, fidèle, souriant !
Lâche, toi qui traînas, sans cercueil, sans prière,
Son cadavre encore chaud, dans le trou d'une ornière !
Lâche, toi qui pâlis, au souvenir d'un mort !
L'opprobre et l'échafaud couronneront ton sort !

III.—CAUCHEMARS

Mais la nuit,—oh ! la nuit ! Si parfois je sommeille,
Le Mort, lui, ne dort point ! Tout près de mon oreille,
J'entends soudain sa voix : " Voleur ! Vile assassin !!"
De son genoux de fer il m'écrase le sein ;
De ses dix doigts glacés il m'enserre la gorge,
Plus fort, toujours plus fort, tels dix étaux de forge !...
Puis je me vois roulant dans un gouffre profond,
Dans un abîme affreux, un abîme sans fond,
Où cent mille démons, d'une voix de tonnerre,
Hurlent sur tous les tons : " Assassin de ton frère,
Voleur de grands chemins, monstre, infâme bandit,
Assassin, sois maudit ! maudit ! maudit ! maudit ! !

Entraîné tout à coup par un être difforme,
Je me vois étendu sur une plate-forme,
Surmontée au milieu d'un infâme gibet,
D'où la Mort qui ricane, assise à son sommet,
Déroule vivement une solide corde
Que saisit un bourreau qui, sans miséricorde
Et sans nulle pitié, d'un geste violent,
Passe autour de mon cou l'horrible nœud coulant.
En sursaut réveillé par mon cri de détresse,
Sur mon lit de torture aussitôt je me dresse,
Sous les doigts de l'angoisse horriblement tordu ;
Par la dent du remords affreusement mordu ;
Le cœur battant, battant à rompre ma poitrine ;

Une froide sueur coulant sur mon échine.
Et c'est cent fois, la nuit, que pendu je me vois ;
Ne vaudrait-il pas mieux l'être une bonne fois ?
J'ouvre les yeux : hélas ! les yeux de ma victime
Se rivent sur les miens, me reprochent mon crime.
Qui me délivrera du maudit ver rongeur
Qui, tel un chancre affreux, me dévore le cœur ?

IV.—RUMEURS

Mes tortures le jour, sont de tous les instants,
Car, à chaque seconde, autour de moi j'entends :
" Savez-vous la nouvelle ? Un voyageur illustre,
En ambassade au loin parti depuis un lustre,
Et depuis plusieurs jours à la cour attendu,
De l'Egypte arrivant, n'a pas encor paru.
D'aucuns pourtant l'ont vu, la semaine dernière,
Qui cheminait à pieds, près de la Fondrière,
Là-bas, sur le sentier traversant la forêt ;
Et la rumeur prétend qu'un horrible forfait
Aurait été commis dans le bois solitaire ;
Par qui ? L'on n'en sait rien ; c'est encore un mystère,
Qui ne tardera point, grâce à nos fins limiers,
A livrer au bourreau le ou les meurtriers."

V.—ANGOISSE

Je lis dans tous les yeux et l'horreur et le blâme,
Qu'inspire à tous les cœurs l'événement infâme.
Tout mon être frémit au seul nom de bourreau ;
Tandis que la folie envahit mon cerveau,
Qu'habite constamment le cauchemar féroce
De mes nuits de terreur, de mon sommeil atroce.
Le bourreau, je le vois ; le bourreau, je le sens
Appliquer sur mon col ses doigts avilissants !...

46

Si par hasard un bras se tend vers ma personne,
Je crois qu'il me désigne ; et vraiment, je m'étonne,
Que la voix n'ait point dit : " L'assassin, le voilà ! "
Sur mes dix doigts tremblants, que le sang macula,
Portant mes yeux hagards, je vois, indélébile,
Une tache rougeâtre, et vivante et mobile,
Qui s'étend et grandit. m'inonde comme un flot !...
Telle une vague énorme, un terrible sanglot,
Un grand cri de terreur rugit dans ma poitrine,
S'étrangle dans ma gorge, et comme une machine,
A grands coups redoublés martelle mon cerveau,
Qui résonne, lugubre, funèbre et noir caveau !
Je voudrais fuir au loin, mais la blême épouvante,
De son poignet d'acier, sur le sol me cimente,
Me rive fortement, tel en un piedestal,
Le marbrier, ravi, rive d'un froid métal
Le marbre torturé de la sombre Agonie.
Quelle est terrible, ô Dieu, la rouge ignominie
D'un lâche assassinat perpétré froidement !
Qu'il est terrible, ô Dieu, le remords consumant,
Engendré par le vol, enfanté par le crime,
Fécondé par le sang d'une humaine victime !
Qu'elle est terrible, ô Dieu, l'épouvantable peur,
Qui des entrailles monte, impalpable vapeur,
Saturant tout le corps, tout le cœur, toute l'âme,
Qu'elle consume ainsi que l'infernale flamme
Consume les damnés, renaissant pour souffrir
D'indicibles tourments, sans jamais plus mourir !
Oh ! l'infâmant gibet serait bien préférable
A cette peur atroce, à l'état pitoyable
Dans lequel, moribond, je vis sans expirer !

Qu'ai-je à craindre pourtant ? Qui peut me déclarer ?
Nul, nul ne fut présent ! Et si Dieu me condamne,
Dieu, Lui, ne dira rien, puisqu'ainsi je me damne.
Hélas ! ma conscience agit comme un dur knout :
Sous les yeux du remords le danger naît partout,
Au firmament, dans l'air, dans l'onde et sur la terre ;
Dans le roc du chemin, dans le grain de poussière ;
Dans la plainte du vent, dans le cri des oiseaux ;
Dans le nuage errant, le murmure des eaux ;
Le sec bruissement de la feuille qui passe ;
Le rayon de soleil se jouant dans l'espace ;
Comme aussi dans l'éclat des astres lumineux,
Promenant leur splendeur sur la voûte des cieux :
Car le roc et le vent, et le grain de poussière,
Les astres, le soleil, la feuille et la rivière,
Le nuage, l'oiseau, le brin d'herbe et la fleur
Désignent clairement l'assassin, le voleur.
J'entends distinctement leur voix mystérieuse...
Et toi, foule agitée, bavarde, curieuse,
Tu ne l'entends que trop cette voix qui mugit,
Gronde, monte, grandit, monte, gronde, rugit,
Comme autrefois le flot du terrible Déluge.
Sous le Souffle Vengeur, sous la main du Grand Juge.
Je sens tes yeux moqueurs sur mes yeux atterrés
Se fixer durement, tels des dards acérés,
Portant jusques au cœur une mer de souffrance.
Et l'ignoble démon de l'ignoble potence,
Hurlant son chant de mort en un ricanement,
Par mon prénom, mon nom m'appelle brusquement ;
Plaque sur mon poignet sa griffe qui me brûle,
Promène sur mon front son haleine de feu ;
Et réclame à grands cris l'épouvantable aveu !

Anéanti, brisé, tout mon être s'effondre
Sous l'océan d'horreurs qui sur moi vient de fondre.
La mort, cent fois la mort, n'importe quelle mort,
Plutôt que cet enfer qui me brûle et me tord !
Poussé violemment par le démon horrible,
J'avance vers la foule, et, dans un cri terrible,
Vaincu par le Remords, écrasé sous sa loi :
"—Frères, ne cherchez plus, car L'ASSASSIN C'EST MOI !"

———

NOVEMBRE, MOIS DES MORTS

Novembre, mois des Morts ! Oh ! je veux vous revoir !...
Sous le poids des regrets mon être entier succombe ;
Car mon cœur avec Vous descendit dans la tombe,
Tandis qu'en ma poitrine entrait le Désespoir.
Novembre, mois des Morts ! Oh ! je veux Vous revoir !

. . . .

Deux crânes décharnés !... Quelques grains de poussière !
C'est tout pour l'œil humain ; c'est tout pour la matière.
L'esprit vivifiant qui donnait, hier encor,
A ces débris sacrés le mouvement, l'essor,
Aurait-il de la mort senti la froide haleine
Franchi sans protester, les confins du néant,
Et sombré pour toujours dans ce tombeau béant ?...
Non ! non ! la voix du Christ à ma raison l'affirme ;
Mon amour, ma tendresse à mon cœur le confirme :
Si votre corps n'est plus, votre esprit lui survit ;
Car la main de la mort jamais ne l'asservit.

La séparation, sans doute, fut cruelle :
La chair pleurait la chair, mais mon âme immortelle
Vous disant au revoir dans le Palais de Dieu,
A vous, chers Disparus, n'a jamais dit adieu.

— — —

VIVANTS, PRIEZ POUR EUX !

Sous les baisers glacés du cruel aquilon,
Les feuilles de nos bois, les fleurs de nos parterres,
Hélas ! jonchent le sol, et colline et vallon.
Dans le beffroi du Temps, trois cloches séculaires,
Que nos premiers Parents, chassés du Paradis,
Baptisèrent, jadis, de trois noms légendaires :
" Passé, Présent, Futur," pleurent en tout pays,
Et lancent aux échos ce glas qui trouble l'âme
Du Juste, du pécheur, du Sage, de l'infâme :
" Novembre, mois des Morts ! Vivants, priez pour Eux ! "

NOEL

Minuit ! Chrétiens, Noël ! Unissons nos louanges
Aux célestes concerts : Chantons avec les anges
Ce cantique divin, ce cantique nouveau :
    Gloria, gloria in Excelsis Deo !

L'Univers est en paix ; Rome n'est plus en guerre ;
Les temps sont arrivés ; au cadran séculaire,
Les aiguilles d'accord marquent l'heure : Minuit !
Une nouvelle étoile aux cieux se montre, luit,
Tandis que sur la terre un Enfant vient de naître.
Cet Enfant-là, c'est Dieu, c'est le Roi, c'est le Maître,
Venu dans une étable, entre deux animaux,
Sur la paille servant de litière aux troupeaux.
Que d'innocents bergers gardent sur les collines,
Les côteaux, les vallons, les montagnes voisines.

Celui qui créa tout possède pour tout bien
Une vierge pour mère, un vieillard pour soutien !
Une crèche pour "ber"; pour palais une étable ! !
O mystère d'amour ! O mystère ineffable ! !
L'Etre qui de son doigt dirige l'univers,
Qui gouverne les cieux et dompte les enfers,
Vient de s'anéantir, volontaire victime,
Pour noyer dans son Sang notre orgueil, notre crime.

Sous les traits délicats d'un tout petit Enfant
Se cache l'Eternel, le Dieu fort, Tout-Puissant ;
Et l'Incréé devient une humble créature
Esclave des douleurs de l'humaine nature ;
Enseignant aux mortels la douce humilité,
Avant de leur donner, sa tendre charité.

Minuit ! Chrétiens, Noël ! Unissons nos louanges
Aux célestes concerts ; chantons avec les anges
Ce cantique divin, ce cantique si beau :
    Gloria, gloria in excelsis deo ! 1

AU BLASPHÉMATEUR

Tel un démon sorti des cachots de l'enfer,
S'échappe de ton cœur, de tes lèvres infâmes
Le blasphème inventé par le roi Lucifer,
Dont Dieu livra l'orgueil aux éternelles flammes.
Dis-moi, que t'ont donc fait tous ceux que tu maudis ?
Que t'a donc fait ce Dieu contre qui tu blasphèmes,
Et qui pour toi, pour moi, créa son Paradis ?
Ne redoutes-tu point ses divins anathèmes ?
Que t'a donc fait le Christ, notre doux Rédempteur ?
Dis, que t'a fait Jésus, et que t'a fait Marie,
Qu'il te donna pour mère, à toi, blasphémateur ?
Que t'ont donc fait les Saints ? Pourquoi cette furie,
Cette rage insensée au plus profond du cœur ?

L'homme vindicatif satisfait sa rancune ;
Le voleur, son amour pour les biens du prochain ;
Le gourmand, son palais ; et, dans son infortune,
Le paresseux, l'horreur de tout travail humain.
Le triste avare aussi jouit de son trésor,
Rassasiant ses yeux, et son cœur et son âme,
Des reflets et du son de quelques pièces d'or ;
Et le voluptueux, de son désir infâme,
Sans cesse renaissant, veut apaiser le feu.
Mais toi, blasphémateur, quelle est ta jouissance ?
Où donc est ton plaisir, quand tu maudis ton Dieu,
Et te ris follement de sa Toute-Puissance ?
Prends garde, malheureux, prends garde ! car les jours
Que tu vis ici-bas pour blasphémer, maudire,
Verront un lendemain terrible... et sont si courts !
Dieu te donne le Temps, réservant pour son Ire
       L'Eternité.

JARDIN DE DÉLICES

A Marie Immaculée

I

Le charme d'un jardin demande en tout sept choses :
Qu'il soit de tous côtés bien protégé, bien clos ;
Planté d'arbres nombreux, vigoureux et fort beaux ;
Orné de belles fleurs : violettes, lis, roses... ;
Revêtu richement d'un tendre gazon vert ;
Arrosé d'une source au ruisseau qui serpente,
Accompagnant—tout bas—des oiseaux le concert ;
Enfin tout embaumé de parfums agréables,
S'échappant dans les airs, avec discrétion,
Des rameaux et des fruits, des cœurs intarissables
Des bourgeons et des fleurs, sans interruption.

II

Marie fut pour Dieu ce Jardin de Délices :
Jardin, de toutes parts, clos par la Pureté ;
Orné de belles fleurs, aux suaves calices :
Incomparable Lis de la Virginité,
Aux soins zélés, constants de l'humble Violette,
Rose ardente et mystique, Or de la Charité ;
Jardin revêtu d'ombre et de clarté discrète,
Sous les arbres divins, aux verdoyants rameaux :
Tempérance, Justice, et Douceur et Prudence ;
Arrosé d'une source aux fécondantes eaux :
Compassion, Tendresse, Amour et Patience,
Pour tous, pauvres humains, pour tous, pauvres pécheurs ;
Revêtu richement d'un gazon frais et tendre :
La Foi.

Comme Jésus aux disciples pécheurs,
Sur le '' Lac '' en émoi sa main voulut bien tendre,
Tendez-nous, Vierge Sainte, au milieu des dangers,
Tendez-nous votre main puissante et tutélaire,
Car nous ne sommes point pour Vous des étrangers :
Nous sommes vos enfants ; Vous êtes notre Mère !

LA SÉPARATION

Aux Religieux bannis

Frères, séparons-nous, quittons ces lieux bénis,
Ces lieux bénis de Dieu, ces lieux maudits des hommes.
Sous le fouet des décrets qui cingle les '' Bannis,''
Nous n'avons plus le droit de rester où nous sommes ;
Nous n'avons plus le droit de vivre réunis ;
Nous n'avons plus le droit de vivre pour nos frères,
D'instruire leurs enfants dans les traditions
D'honneur et de vertu, legs sacrés de nos pères,
Qu'ignoreront, bientôt, les générations
De l'école sans Dieu, de l'école civique.
Aux yeux des renégats, lieutenants du démon,
O France, t'étouffant sous leur loi tyrannique,
La prière est infâme, infâme la soutane ;
La vertu devient crime, et le crime vertu.
Qu'importe aux renégats que la France se damne,
Et s'en aille, à tâtons, dans le chemin tortu,
Pourvu que, assouvissant et leur haine et leur rage,
Après avoir souillé son noble et pur blason,
Ils l'enchaînent aux pieds du mépris, de l'outrage,
Et lui donnent pour Dieu, la déesse Raison.
L'un des leurs l'a clamé : '' Ni Dieu, ni rois, ni maîtres !
'' Ils sont par trop gênants : La vie à fond de train,
'' La bride sur le cou, sans sacrements, sans prêtres ;
'' La bride sur le cou, les passions sans frein !
'' Plus de Dieu sur l'autel ! Plus de rois sur le trône !
'' A bas le Golgotha ! Guerre à mort au '' Tyran !''
'' A bas les '' Calotins !'' A bas la Croix, le prône !
'' Et vive dans les cœurs le règne de Satan !''

* * *

Allons, persécuteurs, Lucifer le réclame,
Lancez, lancez, lancez vos persécutions.
Sur un homme innocent, sur une sainte femme,
Et supprimez d'un coup les Congrégations,
Inscrivant sur leurs murs : " De par la Loi défense
De prier en ces lieux, de prier pour la France."

L'HOMME

Toi,
Le Roi
De la terre,
Etre éphémère
Né de la douleur,
Dans les bras du malheur.
Sur le sein de la souffrance,
Sous le manteau de l'ignorance,
O Homme, tu viens petit enfant ;
Tu viens dans ton Royaume en vagissant,
Entouré par les Soins, fils de la Tendresse.
Tu souris : C'est l'enfance ; Et bientôt la jeunesse
Te montre à l'horizon le bonheur inconstant,
Qui, tu n'en doutes pas, t'appelle et t'attend :
Douces illusions !... Tu deviens Homme :
C'est le faîte de la vie en somme,
D'où tu t'éloignes à grands pas,
Triste, vers les blancs frimas...
Prévenant la vieillesse,
Lors, la Mort s'empresse
Auprès de toi.-
Tu dis : Quoi ?
Qui? Qu'est-ce?
—Moi ! !

UN AN APRÈS

Etouffés et noyés sous la masse de l'onde
Qui, lors du cataclysme, ensevelit le monde,
Les rameaux, les bourgeons et les fruits et les fleurs,
Ont perdu leur parfum, leur éclat, leurs couleurs.
La Terre, hier encore, si belle, est un désert
Parsemé çà et là d'un peu de gazon vert.
Les arbustes, les arbres, dépouillés nus et blêmes,
Victimes et témoins des divins anathèmes.
Tendent de tous côtés leurs bras morts suppliants,
Auxquels sont accrochés, spectres terrifiants,
Des squelettes affreux d'enfants, d'hommes, de femmes,
Laissés là par les eaux, comme autant d'épigrammes.
Et sur la terre en deuil, des ossements nombreux ;
Carcasses, tibias, et des crânes affreux
Démontrent clairement que l'humaine nature
Eût tort de se vautrer dans l'orgie et l'ordure.

RECONNAISSANCE

Autour d'un bol de lait
Fleurant le thym, le serpolet...
Une mouche gourmande
Voltigeait,
Allant, venant, dansant la sarabande ;
S'approchant, s'éloignant pour s'approcher encor,
Et se poser, enfin, tout à coup sur le bord.
Par ce premier succès notre mouche enhardie,
L'étourdie,
Prend des airs triomphants ;
Très amoureusement contemple le liquide
Candide,
Nectar des vieillards, trésor des enfants,
Mais délices des mouches,
Régal des éléphants
Et charme des serpents farouches.
Or, avant d'y goûter :
'' Faisons-nous belle,''
Dit-elle,
Aucun danger à redouter.''
Et la voilà qui lustre et sa trompe et ses ailes,
Essuyant ses gros yeux, de ses six pattes grêles ;
Puis, soudain, se penchant sur le bord du vaisseau,
Fait le saut ;
Dans ce lac nouveau culbute,
Dans sa chûte
Disparaît ;
Revient à la surface,
Mais sans goûter au lait ;
Tourne sur place ;
Puis s'élance au milieu ;

Se démène avec rage ;
Nage
Pour sortir de ce lieu ;
Arrive lentement près des parois glissantes ;
Fait un suprême effort ;
Applique lourdement ses griffes impuissantes ;
Se cramponne d'abord,
Une seconde à peine, et tente de grimper ;
Glisse et retombe ;
Essaye, en vain, dix fois de remonter ;
Dix fois elle succombe.
Alors n'en pouvant plus d'efforts et de chagrin,
La pauvre infortunée
Déplore sa cruelle destinée ;
Attend sa fin,
Immobile.
Eviter ce danger eût été si facile !...
Sortira-t-elle jamais
De ce marais ?
Oh ! que c'est payer cher un peu de gourmandise !
Petit à petit la bête s'enlize
Et son petit corps rond
Va disparaître
Au fond.
Emu, sans le paraître,
Je tends le bout du doigt ; poussé par quoi ?
Je n'en sais rien. L'insecte s'y cramponne, monte,
Puis se tient coi.
Pauvre bête ! On eût dit qu'elle avait honte
De se voir en cet état,
De sa gourmande envie, horrible résultat.
Mais, tout à coup, retrouvant son courage,
Elle se traîne au haut, laissant sur son passage

Un léger sillon blanc.
Battant du flanc,
Sortant, rentrant sa trompe minuscule,
Elle avance un peu, recule
Et passe sur son dos,
Sans trève ni repos,
Ses pattes de derrière,
Par dessus, par dessous, en avant, en arrière ;
S'assèche complètement ;
Secoue, étend ses ailes de luciole,
Me pique fortement,
L'ingrate bestiole !
D'un air fier
S'envole,
Et dans l'air
Lance
De joyeux Bzs ! Bzis ! Bzous ! !

O douce reconnaissance,
Voilà bien de tes coups !
Hélas ! à ma connaissance,
Plus d'un être humain
Est mouche sur ce point.

L'AIGLE ET LE FAUCON

Sur la cime d'un arbre gigantesque,
Tel un coq pittoresque
Dominant le sommet d'un superbe clocher,
Un Aigle Royal de forte envergure
Est venu se percher ;
Pour le faucon mauvais augure.
L'oiseau que Ganymède autrefois admira,
Sur la chûte qui gronde,
Chûte Niagara,
De son œil noir, perçant, embrasse, scrute l'onde.
Un vieux faucon pêcheur, pressé par le besoin,
Immobile, attentif, surveille dans son coin
Le poisson qui sautille,
Badinant sur les eaux,
Poursuivant la chenille,
Le ver, les vermisseaux.
Plus rapide qu'un trait lancé par un sauvage,
Le vieux faucon s'élance et saisit au passage
Un jeune carpillon, surpris du procédé ;
S'élève dans les airs, poussant un cri de joie ;
Tout heureux, se dispose à dévorer sa proie.
Mais l'aigle décidé
A jouir du morceau, s'élance à sa poursuite.
Le faucon qui l'entend, accélère sa fuite :
Et voilà le combat engagé dans les airs,
Sous les cils du soleil qui lance ses éclairs.
Or, qui peut résister aux attaques de l'aigle
Que vainquit, dit la Fable, un roitelet espiègle ?
Poursuivi, poursuivant
Volent en droite ligne,
Comme le vent ;
Spectacle insigne.

Cependant le faucon, sentant son ennemi
Le serrer de plus près, redouble de vitesse
Et fait mille détours, échappant à demi
Le carpillon sanglant ; dans sa détresse
        Trace des cercles infinis ; descend ;
        Remonte vivement, lançant
        De petits cris ; puis tourne des spirales ;
        Fait des triangles, des ovales,
        Des losanges nombreux,
Poursuivi de très près par l'aigle infatigable
        Dont le bec redoutable,
Acéré comme un dard de chevalier, de preux,
Lui laboure le dos.—A ce sanglant outrage,
Le faucon pousse un cri de douleur et de rage ;
Laisse tomber sa proie et s'enfuit vers la plage.

        Plus prompt que l'éclair
        Qui sillonne l'air,
        Sur cette victime,
        Très illégitime,
        Qui tombe des cieux,
        L'aigle, tout joyeux,
        Fond, se précipite ;
        La saisit au vol,
        A deux pieds du sol ;
        Puis le parasite
        La met en lambeaux,
        Et gobe bien vite
        Les derniers morceaux.

Après avoir suivi ce combat pathétique,
Pour l'aigle on dit bravo ! hélas ! pour le faucon ;
        Quant au pauvre poisson ?

. . . .

L'homme ici-bas honore
Le crime des puissants,
Et pleure volontiers l'infortune des grands.
Hélas ! nul ne déplore
Le malheur des petits, des faibles indigents !

COUCOU ! OU LES TROIS GRILLONS

Deux grillons (deux cousins à ce que dit l'histoire)
Bras dessus, bras dessous, se promenaient,
Par un beau soir d'été, si j'ai bonne mémoire;
Allaient, trottaient, venaient,
Visitant le domaine
Où fleurit le sainfoin, le thym, la marjolaine;
Se racontant tout bas,
A l'oreille,
De grands secrets fort délicats.
Les deux cousins s'entendaient à merveille.
Quand près d'eux des grillons passaient,
Revenant de l'ouvrage,
Tous deux les agaçaient
Au passage.
Mais bientôt le soleil, continuant sa course,
Disparaît
Et la Grande Ourse
Apparaît.
Les amants de la nuit sortent de leur retraite.
Nos deux grillons surpris songent à la retraite :
En auront-ils le temps ?
Déjà, de tous côtés, divers bruits alarmants :
Là, le cri de la chouette
Inquiète ;
Ici, le hou ! hou ! hou ! du chat-huant
Huant.
Alerte !
De leurs ailes on entend le frou-frou.
Pauvres grillons ! Certaine est votre perte.
Gare au hibou !

Un trou !
Chacun se précipite,
Joyeux,
Mais l'ouverture est trop petite
Pour deux !
Brusquement, les grillons furieux s'invectivent,
Se disent les gros mots,
Montés sur leurs ergots,
Puis, bientôt en arrivent
Aux couteaux.
En sursaut réveillé par tout ce tintamarre,
Un grillon qui dormait tout au fond du logis,
S'avance fort surpris,
Aperçoit la bagarre,
Se rassure bien vite et, du bord de son trou,
Fait gentîment : Coucou !
La suite, on la devine.

Point n'est besoin de carabine,
Quand les voleurs viennent chez moi :
Je mets la tête
A la fenêtre, sans émoi ;
D'un air honnête
Je fais : Coucou !
Et je les vois déguerpir sur le coup.

LES TROIS ÉTOILES

OU LÉGENDE DES STELLAIRES

L'Univers est créé. Le Paradis terrestre,
Riche et brillant Ecrin de verdure et de fleurs,
Que de nombreux oiseaux, inimitable orchestre
Aux instruments divers, aux diverses couleurs,
Font retentir, joyeux, de leurs chants d'allégresse,
Tressaille en voyant Dieu qui pétrit dans sa main
La terre, le limon, formant avec tendresse
L'Homme que l'Univers acclamera demain.

Se couvrant des voiles
De la Nuit, trois Sœurs,
Trois jeunes étoiles,
Trois astres rieurs,
Holostée, Alsine
Avec Morgeline,
Forment le projet
D'aller voir la Terre
Et le jardinet,
Son fameux parterre.

Quittant leur Palais,
Les trois Curieuses,
Tels des feux follets,
S'élancent joyeuses ;
Se montrent du doigt
Le cruel Saturne
Au visage froid,
A l'air taciturne ;
Admirent l'Anneau
Qui partout enserre,
Immense cerceau,

Ce dieu sanguinaire ;
Passent devant Mars
Bouillant, qui fait mine
De percer de dards
Holostée, Alsine ;
S'inclinent soudain,
Poursuivant leur course,
Aux pieds de Jupin ;
Près de la grande-Ourse
Rencontrent Vénus,
Vénus la coquette,
Lui font des saluts
Des mains, de la tête ;
S'avancent bon train
Vers Phébé la douce
Qui suit son chemin
De laine et de mousse.
De ses doigts rosés
Chaque sœur envoie
De nombreux baisers
A la lune en proie
A l'étonnement
De voir si près d'elle
Ce trio charmant
Filant, infidèle,
A travers l'éther ;
Traversant l'espace,
Vif comme un éclair.

Bientôt sur la place
Du fameux jardin
Les trois sœurs Etoiles
S'arrêtent soudain.
Remettaut les voiles

A la sombre Nuit
Qui poursuit sa route,
Chaque étoile luit,
Eclairant la voûte
De bourgeons, de fleurs,
De fruits, de feuillage.
Aux vertes couleurs.

Mais sur leur passage
Les fleurs, les rameaux
Inclinent leur tête.
Ravis, les oiseaux,
Complétant la fête,
Lancent dans les airs,
En notes joyeuses,
Leurs brillants concerts.

Nos trois voyageuses
S'avancent sans bruit,
Caressant la tige,
Savourant le fruit ;
Voyant, ô prodige !
Tous les animaux
Offrir leurs poëmes
Et leurs madrigaux.
Les tigres eux-mêmes
Viennent volontiers
Admirer leur grâce
Et baiser leurs pieds.

Mais le Temps qui passe
Dit, sans s'arrêter,
Aux célestes Filles
Qu'il faut se hâter :

Bientôt les aiguilles
Des feux d'Apollon
Perceront les ombres
Du champ, du vallon,
Des collines sombres.

Vite, les trois sœurs,
Reprenant leur course
Sous les épaisseurs,
Filent à la source
D'où le Tigre part
Suivi par l'Euphrate ;
Troussent avec art
Le bord écarlate
De leur robe d'or ;
Plongent dans l'eau claire
Sortant d'un portor,
Leur beau corps stellaire ;
Riant, devisant
Sans nulle contrainte ;
Du reste, ignorant
De l'horrible crainte
Les moindres étaux.

Trois jeunes Zéphires
Qui dans les roseaux
Dormaient, par les rires
Et le bruit des voix
—Bruit fort insolite—
Réveillés tous trois,
Sortent de leur gîte,
Oeil, oreille au guet,
Admirent bien vite
Le trio coquet ;

Vivement s'élancent,
Vers les trois Beautés,
Mais sans bruit s'avancent,
Ravis, enchantés ;
De ces Ingénues
Caressent les yeux,
Les épaules nues ;
Baisent les cheveux;
Au fond des oreilles
Leur glissant, tout bas,
De grandes merveilles,
Des mots délicats.

Les trois Déserteuses,
Dans leur embarras,
Un moment songeuses,
Ne comprennent pas,
La nouvelle " affaire ",
Et disent bien bas :
" Que veulent donc faire
Ces trois mignons-là ? "

Eux, sans crier gare,
Ouvrent, amoureux,
Avec leur guitare
Le cœur généreux
Des pauvres sœurettes,
S'y logent heureux.
Celles-ci, muettes
De ravissement,
Referment la porte
Amoureusement,
Disant de la sorte
Eternel adieu

Aux astres que porte
Le Palais de Dieu ;
Car, prenant racine,
Perdant leurs couleurs,
Holosthée, Alsine
Avec Morgeline
Deviennent des fleurs.

Et les Botanistes,
Etymologistes
Savants et jaloux,
Les appellent tous,
Des noms populaires :
Etoiles, Stellaires.

———

LÉGENDE DES ROSES

D'un très vieux manuscrit
Tout jauni, tout rongé, de plus fort mal écrit,
Trouvé sous une poutre
D'un temple, sur les bords du fleuve Brahmapoutre,
J'ai pu, grâce au secours d'un bonze complaisant,
Traduire en méchants vers le beau récit suivant :

Le Déluge couvre le Monde
Sous l'avalanche des eaux,
Et les arbres géants ont disparu sous l'onde,
Tels des roseaux.

Sur le flot qui roule,
Monte en rugissant,
L'Arche gémissant
Bondit sur la houle,
Portant dans ses flancs
Noé, ses enfants,
Leurs femmes jalouses,
En tout quatre épouses,
Et les animaux
Ennemis des eaux.

L'Amour trop volage
Pour être enfermé,
A subi l'orage,
Déluge nommé.

Ses mains sont pendantes
Arc, carquois, mouillés ;
Ses flèches brûlantes
Et ses traits, rouillés.

N'ayant rien à faire,
L'Amour malheureux
Erre solitaire
Entre flots et cieux.

'' Ce grand cataclysme,
Se demande-t-il,
Non sans égoïsme,
Quand finira-t-il ? ''

Brisé, hors d'haleine,
L'inconstant Amour
Voit durer sa peine
La nuit et le jour.

Plus de jeunes filles,
De jeunes garçons ;
De vertes charmilles
De tendres chansons.

Les rayons de l'Astre,
Aidés par les vents,
Boivent du '' Désastre ''
Les flots décevants.

Un bout de la terre
Alors apparaît ;
Et '' l'Incendiaire ''
Joyeux, se tient prêt.

Prenant une flèche
Et tendant son arc,
Vite il se dépêche
D'atteindre ce '' parc. ''

La flèche s'envole,
Sans nulle pitié
Dans la terre molle
S'enfonce à moitié ;

Puis elle étincelle :
Cupidon vibrant
Se penche sur elle,
La baise en pleurant.

Aussitôt, des tiges,
Des rameaux, des fleurs,
Des feuilles prodiges
Montrent leurs couleurs.

Or ce sont des Roses
Offrant au Soleil,
Très fraîches écloses,
Leur éclat vermeil.

Rempli d'allégresse,
Cupidon s'enfuit,
Libre de tristesse,
Vers l'astre qui luit.

Mais l'Arche s'approche
Sous l'effort du vent ;
Sans sonner la cloche
Noé sort vivant.

Suivent, à la file,
Ses garçons, ses brus,
Pataugeant sur l'isle,
Genoux et pieds nus.

Le maître de l'Arche
Aperçoit les fleurs,
Aussitôt il marche,
En cueillir plusieurs.

Heureux, il embrasse,
   Avec amitié,
Sa femme et lui passe
Des fleurs la moitié.

Ses garçons l'imitent,
Tous en font autant ;
Tous les cœurs palpitent ;
Chacun est content.

Les Dames, coquettes,
Vite, sur leur cœur
Fixent les fleurettes
A la douce odeur.

L'Amour, rit gambade,
Les voyant heureux,
Lance une roulade,
Disparaît au cieux.

C'est une vacance
Qui peu durera ;
Car bientôt la " danse "
Recommencera :

Quand garçons et filles,
Dans quinze ou vingt ans,
Diront aux charmilles
Secrets importants …

Mais depuis, la Rose
Restera toujours
L'emblême, la chose
Des charmants amours.

RÊVERIE

Être deux corps, deux cœurs, deux âmes ; n'être qu'Un !
Aimer, vivre, penser, sans égoïsme aucun ;
Elle, penser, aimer pour Moi, mais non pour Elle ;
Attacher sur mes yeux sa limpide prunelle ;
Et moi, penser, aimer pour Elle, non pour Moi ;
Etouffer sous l'amour le dur " chacun pour soi " ;
Appliquer tendrement ma lèvre sur sa lèvre ;
Confondre nos baisers ; sentir couler sa fièvre,
Qui, de son cœur brûlant s'échappant dans le mien,
Retourne avec la mienne, ardente, au fond du sien ;
Laisser son âme, enfin, s'incarner dans la mienne ;
Et mon âme, à son tour, se perdre dans la sienne ;
Et le cœur sur le cœur, et la main dans la main,
Aller toujours ainsi, jusqu'au bout du chemin,
Chantant à l'unisson, tout bas, même poëme
Buriné par la Vie, au fond du cœur : JE T'AIME !

AIMER

Heureux, heureux deux cœurs battant à l'unisson,
Modulant sur leur luth même air, même chanson !
Heureux, heureux deux cœurs pour qui la terre entière
Se résume en un mot, ineffable prière,
Admirable poème : Aimer ! aimer, l'été, l'hiver,
L'automne, le printemps, et sur terre et sur mer ;
Aimer, aimer encor, aimer lorsque l'aurore
Etend sur l'horizon sa main multicolore ;
Aimer, quand le soleil disparaît et s'enfuit ;
Aimer, au crépuscule ; aimer, le jour, la nuit ;
Aimer dans le bonheur, aimer dans la détresse,
La douleur, le plaisir, la joie et la tristesse,
Le soir et le matin ; dans dix ans, dans vingt ans ;
Aimer quand l'aquilon, la bise et les autans,
Glaçant sous leurs baisers les hommes et les choses,
Emportent, Dieu sait où, les œillets et les roses ;
Et malgré la tempête, et malgré l'ouragan,
Aimer sous la couronne, aimer sous le carcan,
Et redire à jamais l'ineffable Poëme :
Aimer ! aimer partout ! longtemps, toujours, quand même !

AIMONS

Le seul héritage
Qui nous vient des cieux,
C'est l'amour en cage,
Mais victorieux.

Lui seul illumine
Notre âme ici-bas,
Où le cœur chemine,
Assoiffé, hélas !

Que l'Amour y loge
Toujours souriant,
Dirigeant l'horloge
Du bonheur riant.

Aimons sans réserve :
Aimons Dieu d'abord,
Pour qu'il nous réserve
Joyeux, heureux sort.

Aimons la Madone,
De tout notre cœur :
C'est Elle qui donne
La paix, le bonheur.

Aimons la Patrie
Jusqu'au dévouement
Qui donne sa vie,
Qui verse son sang.

Aimons, tous, nos mères,
Aimons-les "tout plein ;"
Aimons, tous, nos pères ;
Aimons le prochain.

Aimons nos épouses,
Aimons nos garçons,
Nos filles si douces ;
Merles et pinsons.

Aimons donc nos frères ;
Tendrement nos sœurs ;
Et nos belles-mères,
Et nos belles-sœurs.

Aimons nos cousines ;
Aimons nos cousins ;
Un peu nos voisines,
Beaucoup nos voisins.

Aimons l'étrangère,
Aimons l'étranger,
Ou reine ou bergère,
Ou prince ou berger.

Aimons notre amie,
Aimons nos amis,
Avec bonhomie,
Et nos ennemis.

Aimons qui nous aime,
Aimons qui nous hait ;
Aimons bien, quand même
Tel qui nous déplaît.

Aimons la nature,
La fleur, l'arbrisseau ;
La littérature,
La mer, le ruisseau.

Aimons la science
Ainsi que les arts ;
L'infirme en souffrance,
Enfants et vieillards.

Aimons tout sur terre,
Sur notre chemin ;
Surtout la " misère "
Qui nous tend la main.

Aimons, et pour cause :
Dieu nous donnera
Les biens qu'au ciel rose
Pour nous Il créa.

Malheur ! Anathème !
A qui n'aime pas :
Il passe en carême
Ses jours, ici-bas !

CEUX QUE J'AIME

En premier, j'aime Dieu, car c'est mon Créateur,
    Mon Père et mon Sauveur.
En second, mon Pays ; pourquoi ? Ma foi, peut-être,
    Parce qu'il me vit naître.
J'aime ma femme encor ; pourquoi ? je le sais bien,
    Mais je n'en dirai rien !
Et j'aime mes garçons, j'aime surtout ma fille :
    Elle est bien plus gentille !
Et puis, j'aime mon frère et j'aime bien ma sœur :
    Ils ont un si bon cœur !
J'aime encor mes cousins, un peu plus mes cousines ;
    Mes voisins, mes voisines ;
Sans oublier, non plus, mes nièces, mes neveux :
    Parce que je le veux.
Vous croyez que c'est tout ? Non, non, car j'aime encore
    Les enfants à l'Aurore,
Les hommes au Midi, les jeunes au Levant,
    Les vieillards au Couchant.
Et d'un amour égal—je le dis sans ambages—
    J'aime les fous, les sages ;
Mais sans mérite aucun, j'aime tous mes amis.
    Quant à mes ennemis,
En ai-je ? Je l'ignore : En cas, je leur pardonne,
    Puisque Dieu me l'ordonne !
Le "traître," l'aimez-vous ? Hélas ! il le faut bien,
    Puisque j'aime mon chien !

CEUX QUE JE HAIS

En premier, plus que tout, je hais l'infâme traître, (1)
    Car il eut tort de naître ;
En second, l'assassin, tigre avide du sang
    De son frère innocent.
Je hais l'avare encore : C'est un curieux être
    Sans nulle raison d'être.
Et puis vient le gourmand : Pourquoi ? pourquoi, tudieu !
    Mais son ventre est son dieu !
Puis, je hais l'indiscret ; un peu plus le superbe :
    Il a trop haut le verbe ;
Le parasite aussi : Pourquoi ? Peut-être bien
    Par respect pour mon bien ;
Sans oublier, non plus, le ténébreux sophiste ;
    Pourquoi ? C'est un fumiste.
Mais je hais doublement, et du fond de mon cœur,
    Le fourbe, le voleur.
Vous croyez que c'est tout ? Non, non, car je déteste
    Et je hais comme peste
L'odieux égoïste à cheval sur le '' Moi ''
    Qui ne vit que pour soi.
Je hais aussi très fort la langue de vipère,
    La langue de serpent
    Qui flatte par devant
    Déchire par derrière.
Et le sombre bourreau ?—Sans doute ; mais pourquoi ?
    Oh ! répondez pour moi !
Ce n'est pas tout, hélas ! car je hais l'hypocrite
    Tel un diable, eau bénite.
Quant à l'infâme ivrogne : Je le hais sans remords,
    Puisque je hais les porcs.

---

(1) J'entends le vice lui-même, car je ne hais personne.

LE JARDIN DE L'AMOUR

Ni clôture, ni haie : Un mur ?—Pas davantage,
N'enferme ce jardin, ce ravissant bocage,
Où l'on entre d'abord timide, réservé,
En entonnant un chant qu'on laisse inachevé,
Pour s'avancer, bientôt, le rire sur les lèvres,
La gaîté dans les yeux et dans le cœur les fièvres ;
En conquérant souvent, et souvent en vainqueur ;
Mais aussi d'où l'on sort, le vide affreux au cœur,
La tristesse infinie au plus profond de l'être ;
Entraîné sur le roc du Désespoir, peut-être,
Lorsque, devenu sourd et tenant les yeux clos,
L'Amour, obstinément, boude et tourne le dos.
Mais quand l'Amour joyeux prodigue sa caresse,
Ses baisers et ses feux, son ineffable ivresse,
On embrasse, ravi, dans un riche décor,
Le Bonheur qui sourit sous sa couronne d'or.
Dans les sentiers fleuris où les parfums voltigent,
On voit de doux amants que les Grâces dirigent,
Comme une ombre glisser, ravis, silencieux,
Une main dans la main, les yeux tout près des yeux ;
Ecoutant, tout émus, l'Amour et la Tendresse,
Qui chantent dans leur âme un hymne d'allégresse.

Sur le seuil du jardin rit, s'amuse l'Enfance
Reléguée en nourrice aux soins de l'Innocence ;
Et, pour toujours sevrés, prêtres, religieux,
Comme de purs esprits cheminent vers les cieux.

Dans un champ désolé, domaine des chenilles,
Tristes, mornes, sans but, errent les vieilles-filles ;
Sur une plate-bande, au milieu de chardons,
Ennuyés, ennuyeux, s'en vont les vieux-garçons ;
Et sous le poids des ans qui courbe les échines,
Des rosiers dénudés s'accrochant aux épines,
Aidés du souvenir, les vieillards chancelants
Vers le dernier bosquet arrivent à pas lents.

A MON BÉBÉ

A mon chéri Adalbert
14 juillet, 1900.

Plus rose que les Roses
Et plus blanc que les Lis,
Mignon quand tu reposes,
Rêvant au Paradis,
Aux baisers de ta mère,
Comme aux anges des cieux,
Aux baisers de ton père,
Bel enfant radieux,
Que j'aime ton sourire !
Que j'aime ta fraîcheur !
Tendrement je soupire
Charmé par ta candeur.

Quand, du bout de son aile,
Ton bel ange gardien
Découvre ta prunelle
Si limpide, combien
Ton regard en mon âme,
Dans mes yeux, dans mon cœur,
S'imprime en traits de flamme,
M'inondant de bonheur,
D'amour et d'allégresse ;
Chassant, ô chérubin,
La douleur, la tristesse,
Le malheur, le chagrin.

Quand ta main potelée
Caresse mes cheveux,
Ma figure hâlée,
Et mon front soucieux,

Le noir souci s'envolle,
Faisant place à l'amour,
A la tendresse folle ;
Je me livre à l'humour :
La crainte, les alarmes
N'existent plus pour moi ;
Si mon cœur a des larmes,
Il les sèche pour Toi.

Quand ta lèvre mignonne,
Plus fraîche qu'un bouton
De rose ou d'anémone,
Vient effleurer mon front,
C'est la douce rosée
Qui rafraîchit mon cœur,
Mon âme ankilosée ;
Me remplissant d'ardeur,
De force et d'énergie,
Pour soutenir encor
Le combat de la Vie,
Pour Toi, mon beau Trésor.

LES " J'AI VU "

J'ai vu fleurir la rose,
Reverdir les moissons,
Et le pêcheur morose
Surprendre les poissons.

J'ai vu la violette,
Respirant le zéphir,
Lever un peu la tête,
Puis doucement s'ouvrir.

Et j'ai vu la Nature
Recevoir du printemps
Ses fleurs et sa verdure,
Ses bourgeons odorants.

J'ai vu dans l'onde claire
Les poissons sautiller,
Et j'ai vu sur la terre
Les fourmis travailler.

J'ai vu les hirondelles
Reconstruire leurs nids,
Et mères, sous leurs ailes
Abriter leurs petits.

J'ai vu la tourterelle
Roucouler tendrement :
" Que la nature est belle !
" Que mon nid est charmant ! "

J'ai vu la bécassine
Barboter dans les eaux ;
Là-haut, sur la colline
Folâtrer les agneaux.

Et j'ai vu sur les roses
Dormir les papillons ;
Conter de tendres choses
Par les joyeux grillons.

J'ai vu la grive folle
Se gorger de raisins
Et le merle frivole
Siffler ses airs coquins.

J'ai vu l'humble fauvette
Préparer ses concerts,
Et lancer, la " Divette, "
Ses notes dans les airs.

Or j'ai vu les abeilles,
Butinant sur les fleurs,
Opérer leurs merveilles
Si pleines de saveurs !

J'ai vu l'Amour agile
Préparer ses carquois,
Et lancer à la file
Ses traits en tapinois.

J'ai vu tendre couvée,
Sous les rameaux jaunis,
Attendant la pâtée,
Dans le duvet des nids.

Dans le palais des Riches,
J'ai vu de pauvres Vieux
Mordus par des caniches
Et chassés par des gueux.

Mais sous l'humble chaumière,
J'ai vu la Charité
Caresser la Misère,
Baiser la Pauvreté.

Sous le joug qui frissonne,
J'ai vu les bœufs pesants,
Au pas lent, monotone,
S'arrêter, hâletants.

Et j'ai vu dans la plaine
Le laboureur hâlé
Lancer de sa main pleine,
Sur les sillons, le blé.

J'ai vu, sur son enclume,
Le Vulcain du hameau
Lever comme une plume
Son gros et lourd marteau.

J'ai vu dans la bataille
Le sang couler à flots,
Le fer et la mitraille
Faucher d'humbles héros.

J'ai vu, dans sa folie,
L'impie audacieux
Lever avec furie
Son front contre les cieux.

Mais je l'ai vu l'impie,
Quand la foudre éclatait,
Implorer pour sa vie
Le Dieu qu'il blasphémait.

J'ai vu les alouettes
S'élever dans les airs,
Et j'ai vu les mouettes
Voltiger sur les mers.

Sur la mer orageuse,
J'ai vu les matelots,
Braver, l'âme joyeuse,
La tempête et les flots.

J'ai vu la jeune fille,
Le front pur, mais rêveur,
Placer sous la charmille
Le secret de son cœur.

J'ai vu les coccinelles,
Dans le cœur des lis blancs,
Causer gaiement entre elles
Du beau, du mauvais temps.

J'ai vu dans la vallée
Le rossignol divin
Fuser sous la feuillée
Ses roulades sans fin.

J'ai vu les brebis douces,
Broûtant sur les côteaux
L'herbe tendre, les mousses,
Allaiter leurs agneaux.

Sur une branche morte,
J'ai vu l'affreux hibou
Huer d'une voix forte
Son lugubre hou ! hou ! !

Et j'ai vu la chouette,
Fixant ses gros yeux ronds,
Tomber de sa cachette
Sur d'innocents ratons.

J'ai vu margots voleuses
Emporter dans leur nids
Des perles précieuses
Pour orner leurs petits.

J'en ai vu, sous les tuiles
Fourrer des gobelets,
De l'or, des ustensiles,
Même des chapelets.

J'ai vu Cérès la blonde,
La faucille à la main,
Inviter tout le monde
Pour moissonner demain.

J'ai vu la moissonneuse
Coucher en Messidor
Les blés, et la faucheuse
Râcler les boutons d'or.

J'ai vu dans la prairie
Jeunes filles, garçons
Fâner avec furie,
Redisant des chansons.

Aussi j'ai vu sur l'aire
Le rude paysan,
D'un fleau séculaire
Battre le grain de l'an.

J'ai vu plusieurs étoiles
Applaudir dans les cieux,
Quand, la nuit, sous les voiles
Voguent les amoureux.

J'ai vu planer des aigles,
Des condors, des milans,
Et des enfants espiègles,
Lancer des cerfs-volants.

J'ai vu de pauvres vieilles
Filer leur vieux fuseau,
Entendu des corneilles
Croasser sur l'ormeau.

J'ai vu des niquedouilles
Elever des pigeons,
Entendu des grenouilles
Coasser dans les joncs.

J'ai vu, sous des guenilles,
D'odieux harpagons,
Et sous des souquenilles
De satanés fripons.

J'ai vu la cochenille
Fournir le vermillon,
Et j'ai vu la chenille
Devenir papillon.

J'ai vu les fleurs sourire,
S'enivrer de soleil ;
Les oiseaux, sur leur lyre,
Chanter à leur réveil.

J'ai vu dans les étables,
Lors la nuit de Noël,
Les deux inséparables,
Louer l'Emmanuel.

Sauter au clair de lune,
J'ai vu, les farfadets,
Et le soir, sur la dune,
Danser les feux-follets.

Oui j'ai vu sur la lande,
Sur le coup de minuit,
Danser la sarabande,
Le reste de la nuit.

J'ai vu des sorcières,
S'en aller au Sabbat,
Immondes cavalières,
A cheval sur un chat.

J'ai vu la " Confrérie "
Dévouée aux enfers,
La " Chasse-gallerie "
Naviguer dans les airs.

J'ai bien vu sur des rhombes,
Des comédiens chanter,
Mais j'ai vu sur des tombes,
Des mères sangloter.

Bouffi de sa richesse,
J'ai vu le riche heureux
Laisser en sa détresse
Gémir le pauvre gueux.

A son tour en misère,
Condamné par le sort.
Je l'ai vu, " le compère,"
Geindre qu'il eût bien tort.

J'ai vu des philosophes,
Dans le fond, vrais gredins,
Démontrer dans leurs strophes
Que les hommes sont vains.

J'ai vu la Mort blafarde,
Du revers de sa faux,
Dénouer, la camarde,
Les doux liens nuptiaux.

J'ai vu le fils, le père,
Succomber sous ses coups,
Et la fille et la mère
Pâlir sous ses genoux.

J'ai vu le fort, l'infirme,
L'homme fait et l'enfant,
Râler, oui, je l'affirme
Sous son bras étouffant.

J'ai vu dans le commerce
Des marchands effrontés,
Pour du mouton de Perse
Vendre des viletés ;
Vanter la marchandise
Ne valant rien du tout,
Escompter la bêtise,
Puis vendre un gros prix fou ;
D'autres, sur la mesure

(Ne voyant pas très clair)
Rogner avec usure,
Lestes comme l'éclair.
J'en ai vu, sans vergogne,
Favoris du toupet,
Remplacer du Bourgogne
Par du vin de "bluet."

S'il fallait tout vous dire,
Tout, tout ce que j'ai vu
Pour pleurer et pour rire,
Je n'en finirais plus.

LE TOUT-PUISSANT

L'homme est un voyageur sur la terre, venu
D'un pays ignoré, d'un pays inconnu,
Cheminant rondement vers une autre contrée,
Elle, encore inconnue, elle, encore ignorée.
Quand il pleure au berceau, l'homme n'est qu'un enfant ;
Quand il dort dans la tombe, il semble être néant !...
Cependant, à le voir, vaillamment en ce monde,
Dompter l'air et le feu, les animaux et l'onde,
On s'arrête surpris, et l'on dit, frémissant :
Mais qui donc le créa, sinon le Tout-Puissant ?

L'EPICIER

(Boutade)

L'Epicier vous leurre,
Quand chez lui vous prenez
Des cornichons, du beurre,
Des objets marinés :
" Oh ! C'est très frais, Madame,"
Dit-il, la bouche en cœur,
" Sur le bout d'une lame
" Goûtez cette saveur.
" Vous en faut-il dix livres ? "
—Quatre me suffiront.
Il écrit sur ses livres
En se grattant le front :
Quatre de crêmeries,
Première qualité,
Et cinq de sucreries,
Six, sept, à volonté ;
Deux pintes de mélasse ;
Du melon parfumé ;
Du miel première classe ;
Du jambon bien fumé.
" Vous faut-il autre chose ?"
Fait-il, d'un air câlin :
" Ici, mon saumon rose,
" Là, ma graine de lin ;
" Goûtez à mes épices,
" Respirez mon café,
" Des gourmets les délices ;.
" Sentez, sentez mon thé :

" Occasion unique,
" Car j'ai réduit mes prix,
" Pour plaire à ma pratique ;
" Tout le monde est surpris ! "

Or comment décliner
Cette invitation,
Et ne pas s'incliner
Plein d'admiration ?

Mais la petite liste
De cinq ou six effets
S'allonge, enfin consiste,
Hélas ! en vingt objets.
Les thés ont bonne mine,
Mais ils sont frelatés ;
Les cafés en terrines,
Tout à fait éventés ;
Et le beurre en tinettes,
D'un beau jaune doré,
Comme aussi les " boulettes,
Est du suif trituré.
Le jambon est fort rance,
Trop ou trop peu salé,
Et le bonbon de France,
Plus ou moins simulé.
En grattant le fromage,
L'on voit avec horreur
Cent vers blancs de tout âge
Grouillez avec fureur !...

Bientôt la note arrive
Et produit son effet,
Car la surprise est vive :

Dix piastres trente-sept !...
Le lait, la crême pure
Ne sont guère meilleurs,
Et tout le monde jure
De se servir ailleurs.
Ailleurs ! C'est trop tôt dire :
Ce sera pis encor ;
Le plus court, c'est d'en rire,
Tout en plaignant son sort.

Cependant, pour vous plaire,
Je vous donne un conseil :
Vivez d'amour, d'eau claire,
D'air pur et de soleil,
Et vous vivrez en sages,
Exempts des noirs soucis,
Là-haut, dans les nuages,
Tout près du Paradis ;
Laissant sur cette terre
Le doux épicier
Jaunir en sa colère,
Dans son chien de métier.

LE JEUNE ÉCOLIER ET LE VIEUX BAUDET

Sur le bord d'un chemin conduisant à l'école,
Un vieil âne broutait
D'un énorme chardon la feuille et la corolle.
—On broute ce qu'on peut—et notre vieux baudet,
Sentant la famine
Coquine
Lui labourer le flanc,
Mâchait en conscience.
Passe un jeune écolier, un enfant rose et blanc,
Portant péniblement dans sa main sa science
Future—un abécé, je crois.
S'approchant bravement, voulant paraître crâne,
Enflant sa voix,
L'enfant dit au vieil âne :
" Tiens, prends mon abécé, prends, je t'en fais cadeau...
—Ça se mange-t-il ? reprend le lourdaud.
—Hélas ! Ce n'est pas une orange :
Ça s'apprend, mais point ne se mange.
—Dans ce cas, merci de ce don :
Je suis bon pour manger, pour braire,
Autre chose nullement ne sait faire.
Apprends ton abécé, petit dindon,
Et me laisse à mon chardon."

Vous perdez votre temps, vous perdez votre peine,
En parlant de couleurs à qui n'eut jamais d'yeux ;
Vous perdez votre temps et vous perdez haleine,
En chantant à des sourds des airs harmonieux.

LE COUCOU

Coucou ! Coucou ! Tou-Coucou !
Où vas-tu vilain coucou ?
Ou portes-tu ta tristesse ?
Pourquoi ce cri de détresse ?
Il est vrai, tu ne connus
Ni ton père ni ta mère ;
Tes frères sont inconnus ;
Tu vis seul sur cette terre...
Des amis, tu n'en as pas...
Ton cri sonne comme un glas.
Où vas-tu ? que vas-tu faire ?
Que peut bien faire un Coucou,
Sinon quelque mauvais coup ?
Vite, vite, à tire d'ailes,
L'"Esseulé", comme un bandit,
Se dirige vers un nid
Caché sous les pimprenelles :
Nid de fauvette, je crois ;
Disparaît... revient... s'envole,
Sans se presser, vers les bois.
Aussitôt je cours, je vole
Vers le nid où j'aperçois,
Entouré de trois œufs, trois,
Un œuf plus gros que les autres.
O Coucous, vilains apôtres,
Trop paresseux pour bâtir,
Pour aimer trop égoïstes,
En vrais machiavélistes,
Trop sensuels pour pâtir ;

Méprisant la loi, la mode,
Vous trouvez bien plus commode
—Au moins cela c'est du neuf—
De faire couver votre œuf.

Nombreux sont de par le monde
Les Coucous comme le mien :
Je pourrais à la seconde
En nommer mille à la ronde...
Je me tais et je fais bien.

LE FERMIER ET LE VOLEUR DE BUCHES

Un fermier canadien,
Bon père, bon époux, sur le tien, sur le mien
Intraitable, travaillait ferme
Sur sa ferme,
Qu'il chérissait à l'égal de son bien :
Sa femme, ses enfants et Médor son gros chien.

*   *   *

Un soir d'hiver, notre homme,
Brave homme s'il en fut,
Ayant fini son train, tout comme un gentilhomme
Inspectait ses trésors. Soudain il s'aperçut—
Ou crut s'apercevoir—qu'une bûche d'érable
A sa pile manquait, près du toit de l'étable.
Le fermier ne dit mot, mais n'en pensa pas moins,
Et s'en fut se coucher en serrant les deux poings.

*   *   *

Il eut le cauchemar : un voleur, sur sa tête,
Se servant d'une bûche en guise de marteau,
Frappait comme deux Turcs, en riant, le bourreau !
Et criait : Lève toi, lève toi, grosse bête !
On te vole ton bois ! !

*   *   *

En sursaut réveillé, notre homme ...
(Vous ai-je dit son nom ? Il s'appelait François,
François Tigras, je crois,
Un fort beau nom en somme) ;
Notre homme vivement quitte son matelas,
Allume la lanterne et part comme une flèche.
Arrivé près du tas :
" Batêche de batêche ! "

Fait-il tout ahuri, qui me vole mon bois ?
Une bûche manquait, deux, trois !...
" Sans doute le voleur est un larron habile ;
Le prendre sur le fait n'est pas chose facile ;
Cependant je le connaîtrai,
Ou bien mon vrai nom je perdrai,"
Murmure le fermier.   Prenant une tarrière,
En avant, en arrière,
Dans la plus belle bûche il creuse un trou profond,
Et de sa poire à poudre
Il verse dans le fond
Un quarteron de bonne poudre :
De quoi faire sauter le plus fort cabanon.
Choisissant avec soin une ronde cheville,
A grands coups de maillet il s'applique à boucher
Le trou, puis s'en va recoucher,
Content de sa " torpille."

* * *

Le lendemain matin ou le surlendemain,
Au premier chant du coq, on entendit soudain,
Du côté de la rivière,
Un grand bruit de canon, un fracas de tonnerre,
Notre fermier courut, vola,
Et bientôt il trouva,
Au milieu de débris de toutes sortes,
Des planches, des bardeaux, des poutres et des portes,.
Assis près d'un quartier de bûche qui flambait,
Sans mal aucun, mais fou, " Le Rouge " qui riait.

LE PETIT VOLEUR DE POMMES

George, enfant très étourdi,
Très gourmand, mais très hardi,
Regardant par la fenêtre,
A son lever, un matin,
Dans le verger du voisin
Aperçut... des fleurs peut-être,
Des pommes assurément.
Or, poussé probablement
Par le diable ou par le vice,
Aussitôt il descendit,
Jugeant le moment propice.

Alors le petit bandit
Passant par une trouée,
L'avant veille remarquée,
Dans le verger s'introduit ;
De belles pommes remplit
Les poches de son habit.
En sa grande gourmandise
Il voudrait tout emporter,
Tous les beaux fruits du verger :
Il en met dans sa chemise,
Il en met dans son gilet...
George a l'air d'un tonnelet.
Survient du verger le maître
Armé d'un bâton noueux ;
L'enfant qui le voit paraître
Lourdement s'enfuit peureux,
Vers la trouée :   Il espère
Par là sortir sans misère,

Puisqu'il est entré par là :
(Raisonnement fort peu sage)
Jugez si George trembla ;
Trop étroit est le passage !...

La main lourde du voisin,
S'abattant comme un grapin
Sur l'épaule du gamin,
Que la peur serre à la gorge,
Le met debout, le "dégorge ; "
Puis le terrible bâton,
A son tour entrant en danse,
Sur le dos du polisson
Imprime cette sentence :

Du prochain point ne prendras
Pomme; poire et cœtera,
Ou si non il t'en cuira.

APOSTROPHE AU SONNET

(SONNET)

Sonnet, montagne à pic, au sommet de laquelle
On parvient harassé, suant, soufflant, rendu,
Qui donc trône, là-haut, sur ton rocher perdu ?
N'est-ce pas une Muse étrangère et cruelle ?

Quand, montant sur ton flanc par un travail ardu,
J'aperçois ton sommet qui brille et m'ensorcèle,
Défiant mes assauts, telle une citadelle,
Je voudrais être au bas déjà redescendu.

Mais ton démon m'appelle, et m'excite et m'enflamme ;
Et d'une voix de Maître à mes oreilles clame :
Monte, Poète, monte, et, hardi, gagne au haut.

Va, sur ce roc perdu tu trouveras la gloire,
Le bonheur de l'Ivresse, en embrassant bientôt
Le sublime étendard tissé par la Victoire.

———

FLEUR DES NEIGES

(SONNET)

Au réveil du Printemps, un soir, de la colline
Je gravissais, joyeux, le champêtre coteau,
Murmurant doucement un chant de renouveau.
Pendant qu'à l'horizon l'astre du jour s'incline.

D'une main qui tremblote, emportant son manteau,
L'Hiver déconcerté s'enfuit, courbant l'échine.
Au travers des frimas une fleur orpheline
Surgit, monte, grandit sous les yeux d'un bouleau.

Par les baisers discrets d'un Rayon qui scintille,
La Fleur s'épanouit, de tout son éclat brille,
Ouvrant au firmament son cœur immaculé.

Etamines, pistil, unis sans sortilèges,
Mais tissés avec art par quelque ange exilé,
Murmurent au passant : " Je suis la Fleur des Neiges ! "

III

TELLUS ET PHÉBÉ

(SONNET)

La Terre, nous dit on, voudrait mordre la Lune.
A cet ardent désir, certes, rien d'étonnant ;
Mais ce qui me paraît tout à fait surprenant,
C'est que le " potiron " soit grugé par la prune !

" Mortels, n'en doutez pas," s'écrie un Eminent,
" Phébé se dérobant aux baisers de la Terre,
" La brisera soudain, d'un seul coup, comme verre ;
" Poursuivra ses débris jusque vers le Ponant..."

Frères, rassurez-vous, ce charlatan vous trompe,
(Et je vous dis cela sans mystère, sans pompe ;)
Car ce n'est point Phébé que Tellus brisera.

Du mordant, du mordu, qui succombe en ce monde ?
La Terre, à belles dents, la Lune croquera,
Comme un simple radis, et poursuivra sa ronde.

LA VALLÉE DE LA VÊTRE

(SONNET)

Mention honorable au Grand Concours des
" Annales Politiques et Littéraires " 1907

Aux confins de la Loire, il est une vallée
Si belle, qu'il faudrait le magistral pinceau
D'un nouveau Raphaël, pour rendre son ruisseau,
Son clocher, ses blés d'or, sa prairie ondulée.

Tout près du vieux sentier ombragé d'un arceau,
Domaine des pinsons, harmonieuse allée,
Debout se tient encore la chaumière isolée,
Sous son chaume gardant mon cœur et mon berceau.

Le clocher est très-vieux, plus vieille encore l'église,
Jadis château de preux portant haut sa devise :
" Pour Dieu, pour la Patrie " autour d'un fier blason.

Le blason, démodé, n'existe plus peut-être,
Mais la devise est là, vierge de trahison,
Car le preux ne meurt point au vallon de La Vêtre.

OU SONT LES BAISERS DE MA MÈRE

(PLAINTES D'UN ORPHELIN)

I

Au déclin de mes jours, brisé par la douleur,
Rongé par le chagrin, broyé par la tristesse ;
Sans répit déchiré par la dent du malheur ;
Affamé d'amitiés, assoiffé de tendresse ;
Sans une main amie attachée à ma main ;
J'erre, morne, isolé, courbé sur le chemin.
Où sont donc les baisers, les baisers de ma mère ?

II

Je fus heureux jadis, lorsque j'étais enfant :
Autour de mon berceau, la joie et le sourire,
Sous les regards émus du bonheur triomphant,
Modulaient, à l'envi, des hymnes sur leur lyre,....
Je fus heureux, jadis, puisque je fus aimé !
Mais aujourd'hui, hélas !   Qui donc m'aime sur terre ?
Oh ! je n'ai plus de pain pour mon cœur affamé !...
Où sont donc les baisers, les baisers de ma mère ?

III

Sous des roses cachant les tristes lendemains,
Les plaisirs insensés bientôt volent en troupe :
Souriants, enjoleurs, ils me tendent les mains,
A mes lèvres offrant l'enchanteresse coupe ;
Tout au fond j'aperçois le poison infernal,
Au cœur donnant la mort, à l'être, la misère...
Je veux garder mon cœur intact, pur, virginal...
Où sont donc les baisers, les baisers de ma mère ?

IV

Affublés du manteau de la Sincérité,
Les Mensonges portant l'Hypocrisie en croupe,
Qui brandit l'étendard de l'humble Vérité,
A mes regards surpris, se présentent en troupe.
Trompé par leurs serments, par leur fausse amitié,
Je m'estimais heureux...—Déception amère !—
A leurs yeux je ne fus qu'un objet de pitié...
Où sont donc les baisers, les baisers de ma mère ?

V

Déja je sens la Mort m'étreindre sous ses doigts :
Sur son sein je me couche, en ma désespérance
Qui comme un lourd fardeau m'écrase de son poids !
Dans tes bras décharnés, ô Mort ! ô Délivrance !
Dans tes bras décharnés, sans regrets je m'endors ;
—Quand le cœur est muet, la vie est trop austère !
Je m'endors sans regrets, comme aussi sans remords,
Pour retrouver au ciel les baisers de ma Mère !

———

LOIN DE MA MÈRE

A ma mère.

Les ans, comme un torrent, ont beau rouler leurs jours,
O Mère, loin de Toi, longues sont les semaines ;
Les jours n'ont plus de fin, et l'heure, en son parcours,
Traverse, lourdement, d'un siècle les domaines.
Entre ton Fils et Toi, tel un gouffre béant,
Entre ton Fils et Toi, ô Mère bien aimée,
Insondable et moqueur, déferle l'Océan,
Dont les Flots en fureur hurlent : " Route fermée ! "

ENVOI

Mais malgré l'Océan, mais malgré la distance,
Je sens planer sur moi Ton amour maternel :
Mon cœur ému battant pour Toi, pour Notre France,
Plus que jamais, Vous jure un amour éternel !

———

L'EXILÉ ET L'HIRONDELLE.

O ma gentille hirondelle,
Tu reviens, toujours fidèle,
Avec les rayons d'avril,
Egayer de ton babil
Mon cœur noyé de tristesse,
Mon âme dans la détresse.
Ah ! parle-moi du pays ;
Parle-moi de mes amis . . .
Ah ! parle-moi de ma mère,
De ma sœur et de mon frère
Qui, le soir, près du foyer,
Se surprennent à pleurer.
La veille de ton voyage
Ils ont dû mettre un message
En ton autre nid, là-bas :
Ne me l'apportes-tu pas ?
Montre, montre-moi ton aile,
Pour que je cueille sous elle
La tendresse et l'amitié,
Un pleur peut-être oublié,
Qui, se mêlant à mes larmes,
Apaisera mes alarmes ;
Et se logeant dans mon cœur
Endormira sa douleur.

Parle-moi de ma vallée,
Où vécut ensoleillée
Mon enfance . . . et du ruisseau
Chuchotant au vieil ormeau,

Au jeune saule, au vieux hêtre,
De doux aveux que, peut-être,
Des amants, avec transport,
Echangèrent sur son bord.

Parle-moi de ma montagne
D'où vient le vent qu'accompagne
L'haleine des vers sapins,
Des mélèzes et des pins ;
D'où, parfois, comme la foudre,
A l'affût derrière un coudre,
Sur l'agneau, sur le mouton
S'élance le loup glouton.
Parle-moi de ma chambrette,
Si blanche, si joliette,
Près de laquelle, un beau jour,
Tu bâtis ton nid d'amour ;
Et dis-moi que ma couchette,
Depuis si longtemps muette,
A la même place attend
Le pauvre exilé, l'absent.

Oh ! la route est plus facile,
Et le cœur bat plus tranquille,
A qui, près de son berceau,
Chemine vers le tombeau.

Reverrai-je mes montagnes,
Ma vallée et mon ruisseau,
Ma chambrette et mon berceau ;
Le foyer qui me vit naître,
Mon village si champêtre,
Mes guérets et mes amis,
Mes parents et mon pays ?

Dis-moi, douce messagère,
Embrasserai-je ma mère,
Qne chargent déjà les ans,
Impitoyables tyrans ;
Et ma sœur et mon bon frère ?
Ton babil murmure : Espère !
Mais le temps qui tout détruit,
Fauche lentement, sans bruit,
Sans pitié pour ma souffrance,
L'aile de mon espérance.

Alors tout s'effondre en moi.
En un grand cri plein d'émoi,
Jetant ma désespérance :
" Ne verrai-je plus la France ? "

POURQUOI SUIS-JE EXILÉ ?

Sans pitié, sans merci, broyé par la douleur,
Sans pitié, sans merci, mordu par le malheur,
Ecrasé sous sa peine ;
Tout mon cœur en lambeaux, sans amour et sans haine ;
Poursuivi par le Sort,
J'erre sur le chemin, toujours à l'aventure,
Comme l'âme d'un mort,
D'un mort abandonné, privé de sépulture !
Partout me suit ma peine, et partout esseulé,
Je demande aux échos : Pourquoi suis-je exilé ?

Les échos sont muets sur la rive étrangère ;
S'ils parlent quelquefois, leur réponse est amère.
Alors, au firmament
Je confie, éploré, mon terrible tourment,
La nuit, dans le silence,
Lorsque l'étoile d'or sourit aux malheureux,
S'efforce d'apaiser leurs soupirs douloureux,
En berçant leur souffrance.
Levant mon front brûlant vers le ciel étoilé,
J'interroge le ciel : Pourquoi suis-je exilé ?

Mais le ciel est muet sur la voûte étrangère ;
S'il répond quelquefois, sa voix est un mystère.
Alors, au doux ruisseau
Je confie, angoissé, ma peine et mon fardeau,
Le matin, quand l'Aurore
Ecrit en lettres d'or sur le tableau des cieux :
Le jour chasse la nuit, le revoir les adieux ;
Espère, espère encore !
Considérant le flot qui roule immaculé,
Je demande au ruisseau : Pourquoi suis-je exilé ?

Les ruisseaux sont muets sur la terre étrangère ;
S'ils parlent quelquefois, leur voix est mensongère.
            Alors, dans l'Océan
Je veux jeter au fond, ma chaîne et mon carcan,
            Lorsqu'au haut de sa course,
Le Soleil, au zénith, semble dire aux Humains :
" La vie et la chaleur, l'espoir des lendemains,
            Puisez-les à ma source.
Que me fait le Soleil, à moi, pauvre isolé ?
Je crie à l'Océan : Pourquoi suis-je exilé ?

Mais l'Océan, muet sur la plage étrangère,
S'il parle quelquefois, n'endort point ma misère.
            Alors, vers mon Pays,
Jetant, désespéré, mes sanglots et mes cris,
            Tout mon être s'élance.
Dans ma poitrine en pleurs, où crépite un brasier,
Mon cœur saute, bondit, tel un fougueux coursier...
            O mon Pays ! O France ! !
Et comprimant mon cœur par l'angoisse affolé :
" Pourquoi, mais pourquoi donc suis-je encore exilé ?

Ma Patrie a parlé sur la terre étrangère ;
Sa douce voix m'a dit : " Mon fils, Courage ! Espère ! !"

———

POURQUOI ?

On prétend que le Sort quelquefois, nous fait naître
Sous une bonne étoile : Est-il rien de plus traître !
Où sont donc, je vous prie, où sont donc les heureux ?
Ici-bas en est-il ? Non : Ils sont tous aux cieux !
Souffrir, pleurer, gémir... Voilà tout le partage
Du sujet et du roi, de l'impie et du sage !
      Pourquoi ? Parce que les beaux jours
        Sont trop courts !

Je jouis du bonheur à peine une seconde,
Et voici qu'à grands flots la tristesse m'inonde :
Je croyais voir les cieux pour moi tout grands, ouverts,
Je me vois, tout à coup, presque dans les enfers !...
Jamais à mes côtés, jamais je n'entends dire :
"Je suis heureux ! " Toujours : " Je souffre le martyre ! "
      Pourquoi ? Parce que les beaux jours
        Sont trop courts !

LE MENDIANT

(TU VAS CHANGER D'ÉTAT)

Sur un triste grabat, un pauvre mendiant,
Assis, monologuait en soupirant des plaintes
Se plaignant au Destin de son sort suppliant,
Et portant sur son front du malheur les empreintes.
L'infortuné disait :
                  " Plus de soixante hivers,
Plus longs que tout un siècle, ont passé sur ma tête,
Blanchissant mes cheveux. Le malheur, les revers
La disette d'un loup ; jamais un jour de fête :
De sordides haillons voilant mon corps affreux ;
Point de pain quelquefois, et pas même une table ;
Pour apaiser ma soif, l'eau du ruisseau pierreux,
Qui donne sans compter ; honni de mon semblable,
Méprisé, bafoué, l'air soumis, suppliant ;
La terreur des petits ; rebut, rebut du monde ;
N'ayant pas même un nom : Je suis le mendiant !
Est-il plus malheureux sur la machine ronde ?

Je n'ai jamais joui des charmes du bonheur ;
Les ris sont inconnus à mon âme fânée ;
Le soleil, là-haut, promène son ardeur
Pour éclairer toujours ma noire destinée !
Et bancal, et manchot, horrible, contrefait,
Jamais je ne sentis les baisers d'une mère ;
Jamais je ne goutai les douceurs de son lait ;
Jamais je ne connus les caresses d'un père...
Je fus l'enfant maudit, je fus l'enfant trouvé !
Par un gueux ramassé, dit-on, dans une loque,
Je fus en mendiant par le gueux élevé,
Au fond de la forêt, dans sa vieille bicoque.

LE BANQUIER

Sur un brillant lit d'or, un banquier fort pédant,
Couché, monologuait, susurrant des complaintes,
Bénissant le Destin d'être né transcendant,
Et portant sur son front du bonheur les empreintes.
Le fortuné disait :

     " Soixante et deux hivers, "
Moins long qu'un quart de siècle, ont passé sur ma tête,
Sans blanchir mes cheveux. Ni malheurs ni revers ;
L'abondance d'un roi ; toujours des jours de fête ;
De riches vêtements ; un port audacieux ;
Pour apaiser ma soif, des vins délicieux,
Ou Champagne ou Bordeaux ; béni de mes semblables ;
Du pain blanc, des gâteaux, de magnifiques tables ;
Honoré, respecté, l'air noble et confiant ;
Le charme des petits ; gloire, ornement du monde ;
Ayant un nom fameux jusques en Orient ;
En est-il plus heureux sur la machine ronde ?

Je n'ai jamais souffert de la dent du malheur.
Les ris ont caressé mon âme illuminée.
Le soleil, là-haut, promène sa splendeur
Pour éclairer toujours ma blanche destinée !
Robuste, fort, puissant, gracieux et bien fait,
J'ai joui fort longtemps des baisers de ma mère,
M'enivrant, tout petit, du parfum de son lait ;
Je me souviens encor des bontés de mon père ;
Je fus l'enfant béni, je fus l'enfant choyé ;
Venu dans le satin, la soie et les breloques,
Je fus comme un seigneur par les miens égayé,
Au haut de la cité mais non dans des bicoques.

Ayant atteint cet âge où l'on aime les jeux,
Je quittai la forêt, pour aller en cachette,
Trouver d'autres enfants, m'amuser avec eux.
J'arrive en sautillant, et, près d'une fillette,
Innocent malheureux, j'étale mon horreur !...
Ce fut une huée impossible à décrire :...
Ils m'auraient assommé si, rempli de terreur,
Je n'eusse point porté ma honte et mon martyre
Dans la vieille cabane, au fond de la forêt.
Loin des regards méchants, je répandis des larmes,
Des larmes de douleur, des larmes de regret ;
Déplorant en secret mes premières alarmes.
Ce ne fut point fini.
                    Pour comble de malheur,
Le " vieux " tomba malade et, toute une semaine,
Je me vis obligé d'aller, à contre-cœur,
D'aller tendre la main, pour obtenir à peine
Quelques morceaux de pain, beaucoup de quolibets ;
De la pitié, très peu ; mais souvent des injures,
Du mépris, des clameurs et même des soufflets,
Sans parler, quelquefois, de grossières ordures !...

Puis le vieux gueux mourut, me léguant son avoir :
Son gros bâton noueux, son couteau, son rasoir ;
Ses sordides haillons et sa vieille cabane
Laissant filtrer la pluie, ouverte à tous les vents ;
Le chaume tout pourri, les planches de platane
Craquant de tous côtés ; sans porte sans auvents ;
Pour siège un gros billot, et deux souches pour tables ;
La terre piétinée, en guise de tapis ;
Pour compagnons, les vers, les cousins détestables,
Et pour voisins, les loups : Tel est mon noir taudis.
Ajoutons ce grabat, ce vieux grabat immonde,
Sur lequel, accablé, j'étends mon grossier corps

Ayant atteint cet âge où l'on aime les jeux,
Je quittai le manoir pour aller sans cachette,
Trouver d'autres enfants m'amuser avec eux.
J'arrive en minaudant et, près d'une brunette,
Frais, pimpant, tout heureux, j'étale ma splendenr.
Ce fut une clameur impossible à décrire...
Ils m'auraient nommé roi si, rempli de bonheur,
Je n'eusse point porté ma joie et mon délire,
Dans notre beau château, pour moi plein d'intéret.
Près des regards aimants je répandis des larmes,
Des larmes de bonheur, des larmes sans regret ;
Chantant avec orgueil le succès de mes charmes.
Ce ne fut point fini :
                    Pour comble de bonheur
Papa devint ministre.   Et, plus d'une semaine,
Je me vis obligé d'aller, mais de bon cœur,
D'aller me présenter pour obtenir sans peine,
Des bravos par milliers, bon nombre de sonnets ;
Des compliments beaucoup, et souvent des parures ;
Du respect, des vivats et de nombreux bouquets,
Sans parler quelquefois de superbes dorures.

Puis le banquier mourut, me léguant son avoir :
Ses beaux titres d'honneur, son coffre, son manoir ;
Ses riches vêtements et sa maison romane
Insensible à la pluie et fermée à tous vents ;
De superbes châteaux qu'il avait en Toscane,
Flanqués de quatre tours aux superbes auvents ;
Des fauteuils de velours et de très riches tables ;
Les plus fins, les plus beaux, les plus rares tapis ;
Pour compagnons, des fils, des filles adorables ;
Pour voisins, des agneaux : Tel est mon blanc logis.
Ajoutons ce lit d'or, fait, je crois, à Golconde,
Sur lequel, tout joyeux. j'étends mon mignon corps.

Tordu, bossu, hideux, le plus affreux du monde ;
Des monstres monstrueux détenant le recors.
Est-il dans l'univers plus repoussante bête ?
Car je n'ai rien d'humain, sinon mon pauvre cœur...
Une branche de pin pour mettre sous ma tête...
Tel est mon triste sort et tel est mon malheur !

J'éprouve bien souvent de la faim la torture ;
Et quand, courbant le front, j'ose tendre la main,
On me jette de loin, pour toute nourriture,
Quelques vieux os rongés, quelques croûtes de pain ;
Et cela tous les jours, tous les jours de l'année.
Prendre la charité, Dieu ! c'est délicieux ! !

Lorsque par la douleur mon âme est consternée,
Si, malgré moi, je sens, de mon cœur à mes yeux,
Monter, monter, monter des larmes de tristesse,
Tombant comme du plomb et me brûlant les cils,
Jamais, jamais, hélas ! personne ne s'empresse
D'adoucir mon chagrin par d'aimables babils !
Les Parques ont filé le fuseau de ma vie
Sous les yeux du malheur, sans trêve ni repos.

J'aurais voulu grandir : et malgré mon envie,
Je suis resté nain, nain, certes, mal à propos :
Et chez moi tout est nain, moins le cœur, l'infortune.
Sous ma grossière écorce un cœur, naïvement,
Aux élans généreux, d'après la loi commune,
Vibra comme un cratère, un jour, pour mon tourment :
Aux souffrances du corps, aux tortures de l'âme
Vint s'ajouter ainsi le martyre du cœur.

Velouté, droit, charmant, le plus joli du monde,
De tous les beaux garçons détenant le recors.
Est-il dans l'univers plus alléchante bête ?
En moi tout est divin, sans excepter le cœur.
Des oreillers royaux pour mettre sous ma tête ;
Tel est mon joyeux sort et tel est mon bonheur !

Je n'éprouve jamais de la faim la torture ;
Et quand, levant le front, j'ouvre ma belle main,
C'est pour jeter au gueux quêtant sa nourriture,
Des billets de valeur ou quelque souverain ;
Mais, fort heureusement, une ou deux fois l'année.
Donner la charité, Dieu ! que c'est ennuyeux ! !

Quand par de petits riens mon âme est talonnée,
Si, volontiers, je fais de mon cœur à mes yeux
Monter avec effort des larmes de tristesse,
Humectant tout au plus le bord de mes beaux cils,
Aussitôt tout le monde accourt vers moi, s'empresse
D'apaiser mon chagrin par de tendres babils.
Les Grâces ont tissé la trame de ma vie
Sous les yeux du bonheur, sans trêve ni repos.

Mais je voulus grandir, et d'après mon envie,
Je suis devenu grand, certes, fort à propos :
Et chez moi tout est grand, et surtout ma fortune.
Sous mon écorce fine un cœur, très prudemment,
Sans élan généreux, contre la loi commune,
Essaya de vibrer pour mon seul agrément.
Au bien-être du corps, au bien-être de l'âme
Vint s'ajouter ainsi le délice du cœur.

J'aimai, mais sans espoir, moi, l'affreux gueux, l'infâme :
Et j'aimai d'un amour plus grand que ma laideur ;
Et j'aimai d'un amour plus fort que ma misère ;
D'un amour de maudit, d'un amour de damné ;
Comme jamais mortel n'aima sur cette terre ;
Comme, près du gibet, à mort le condamné
Doit adorer la vie, innocent ou coupable !

O Dieu, qu'elle était belle en sa simplicité !
Que douce était sa voix ; son regard, adorable !
Combien tendre à mon âme était sa charité !...
Seule, elle me sourit, apaisa mes alarmes,
Me parlant de mon âme, et de Dieu et du Ciel.
Elle, seule, essuya mes pauvres, pauvres larmes,
M'enseignant doucement à supporter sans fiel
L'injure, le mépris ; me perçant, ô mystère !
En même temps le cœur.
                         O malheur ! O chimère !
O pauvre mendiant ! Je l'aimai comme un fou.

Mais la mort vint soudain la coucher dans la tombe.
Je veux mourir aussi : De grands coups de caillou
Je martèle ma tête, et sur sa tombe, tombe...
Tout mon être broyé par un étau de fer.
Je... Pourquoi raviver cette horrible torture ?
Ce doit être cela, les tourments de l'enfer !
Voilà plus de trente ans que ce tourment-là dure !
Que je suis malheureux !... Ma Fée aux doux yeux bleus
Ne viendra donc jamais terminer mon martyre ?...
Tout au moins adoucir mon tourment fabuleux ?
Toi, si tu viens, ô Mort, tu me verras sourire.
Oh ! viens, je t'en supplie, écoute mes sanglots ! ''

J'aimai, car c'est la Loi, j'aimai, ma foi, sans flamme ;
Car j'aimai d'un amour moins grand, que ma splendeur ;
J'aimai tranquillement, et j'aimai sans mystère,
D'un amour d'homme heureux, d'un amour ordonné,
Comme savent aimer les riches de la terre ;
Comme on aime chez nous un mets assaisonné,
Un dîner succulent, une vie agréable.

Elle était assez belle en son '' décolleté,''
Mais dure était sa voix et son regard passable.
Elle avait beaucoup d'or, mais point de charité !...
(Bien d'autres avec elle admirèrent mes charmes,
Parlant de leur amour aussi doux que le miel...)
Elle aurait, par ma foi, vu ruisseler mes larmes,
Sans perdre pour cela le calme de son ciel.
Or, toutes sont ainsi, ce n'est pas un mystère.
Vive l'argent ! L'amour,

                 Ce n'est qu'une chimère !
C'est pourquoi je l'aimai comme on aime un joujou.

Aussi quand la Mort vint la coucher dans la tombe,
Je pleurai pour la forme, et je n'étais pas fou
De marteler ma peau pour la pauvre '' colombe.''
Je ne fus point broyé par un étau de fer ;
Je... Pourquoi rappeler cette simple aventure ?
Ce n'est, certes, point là, les tourments de l'enfer !
Depuis plus de vingt ans fermée est la blessure.
Mon bonheur est complet !... La Camarde aux yeux creux
Ne viendra pas encore éteindre mon sourire,
Ni finir mon bonheur, mes plaisirs savoureux.
Ne m'oblige jamais, ô Mort, à te maudire !
Ne viens jamais, ô Mort, me ravir mes lingots !

Le pauvre mendiant vient d'achever ces mots,
Quand la Mort, à pas lents, se présente à sa porte ;
L'étend bien doucement sur son triste grabat ;
S'assied sur ses genoux, lui disant : " Je t'apporte
La fin de ton malheur :

Tu vas changer d'état !

132

A peine le banquier achevait-il ces mots,
Que la Mort, au galop, arrive par la porte,
L'étend brutalement sur son lit de magnat,
Ecrase sa poitrine et lui dit : " Je t'apporte
La fin de ton bonheur :

TU VAS CHANGER D'ÉTAT

—

TABLE DES MATIERES